모렐의 발명

La invención de Morel

세계문학전집 165

모렐의 발명

La invención de Morel

아돌포 비오이 카사레스

송병선 옮김

민음사

호르헤 루이스 보르헤스에게

호르헤 루이스 보르헤스의 서문

1882년경에 스티븐슨*은 영국 독자들이 모험 소설들을 상당히 경멸하면서, 줄거리 없는 소설이나 극도로 위축된 줄거리를 가진 소설을 쓰는 능력이 재능의 척도라고 믿는다고 적었습니다. 스페인의 철학자 호세 오르테가 이 가세트는 1925년 저작인 『예술의 비인간화』에서, 스티븐슨이 지적한 냉담하고 경멸스러운 태도의 이유를 찾으려고 애쓰면서, "오늘날 우리의 우수한 감성이 관심을 보일 정도의 모험을 만들어 내기란 매우 힘들다."라고 말합니다. 그리고 그것을 창안해 내는 것은 "실제로 불가능하다."라고 밝힙니다. 그 책의 다른 쪽들, 아니 그 책의 거의 모든 부분에서 그는 "심리 소설"을 지지하면서 모험 소설에서 파생된

* 로버트 루이스 스티븐슨(1850~1894년): 영국의 소설가이자 시인. 대표작으로 『보물섬』과 『지킬 박사와 하이드 씨』 등이 있다.

기쁨은 존재하지 않거나 철부지 같은 것이라는 의견을 피력합니다. 의심할 나위 없이 1882년이나 1925년, 심지어 1940년에도 이것은 공통적인 의견이었습니다. 하지만 몇몇 작가들은 이런 의견에 동의하지 않는 것이 합당하다고 믿고 있으며, 그들 중에 아돌포 비오이 카사레스가 있다는 사실에 나는 기쁨을 감출 수가 없습니다. 그럼 여기서 왜 그들이 이러한 의견에 동의하지 않는지 그 이유를 간단하게 요약해 보고자 합니다.

첫 번째는 사건의 부침이 많은 모험 소설들이 지닌 내적 역동성과 관련이 있습니다. 나는 이것이 역설적이라는 것을 강조하고 싶지도 않고 축소하고 싶지도 않습니다. 심리 소설의 특징은 정해진 형태가 없다는 것입니다. 러시아 작가들과 그 제자들은 그 무엇도 불가능하지 않다는 것을 지루하게 보여 주었습니다. 가령 너무나 행복해서 자살하거나 자비를 베푸는 행위로 살인을 저지르거나 너무 사랑한 나머지 영원히 헤어지거나 아니면 너무 열렬하거나 겸손해서 비밀을 고자질하는 것 등……. 결국 그런 완전한 자유는 무질서로 가득한 것으로 막을 내립니다. 한편 심리 소설은 사실주의 소설처럼 되고자 합니다. 그것은 새로운 사실주의적 필체를 사용하여 허황된 정확성을 보여 줌으로써 우리로 하여금 그런 작품이 교묘한 언어적 고안품이라는 사실을 잊게 만들려고 합니다. 마르셀 프루스트의 작품에는 그가 만들어 낸 것이라고 수긍할 수 없는 페이지와 장(章)들이 있습니다. 그래서 우리는 아무것도 모른 채 평범하고 공허한 일상을 따르듯이 그것을 믿습니다. 반면에 모험 소설은 현실을 옮겨 적으려고 하지 않습니다. 그런 소설은 인위적인 대상이며, 그것의 어떤 부분에도 합리성이 결여되어 있지 않습니다. 『황금 당나귀』나 『신드바드의 모험』 또는 『돈키호테』처럼 단순히 시간 순서대로 일어나는 다양한 사건들에 압도되지 않으려면, 모험 소설은 엄격하고 엄밀한 줄거리를 지녀야만 합니다.

지금까지 나는 비교적 지적(知的)인 종류의 이유를 설명했습니다. 그러나 경험을 통해 설명할 수 있는 다른 이유도 있습니다. 우리는 모두 금세기가 흥미로운 줄거리를 엮어 낼 능력이 없다며 사람들이 늘어놓는 슬픈 불평을 듣고 있습니다. 그러나 아무도 지난 세기보다 금세기에 줄거리의 질에 있어서 더 뛰어난 것이 있는지 확인하려고 하지 않습니다. 스티븐슨은 체스터턴*보다 훨씬 더 열정적이고 훨씬 더 변화무쌍하며 훨씬 더 명석하고, 어쩌면 우리의 기탄없는 우정을 누릴 자격이 훨씬 더 많습니다. 하지만 작품 줄거리의 질은 형편없습니다. 드퀸시**는 매우 신중하고 자세하게 열거한 공포의 밤을 통해 미로의 심장부로 뛰어들었지만, "말로 표현할 수 없어서 스스로 되뇌던 무한"의 인상을 카프카와 견줄 만한 꾸며 낸 이야기 속에서

---

* 길버트 키스 체스터턴(1874~1936년): 영국의 비평가이자 수필가이며 소설가. 대표작으로는 『노팅힐 가의 나폴레옹』과 『목요일의 남자』 등의 소설이 있으며, 사제 겸 탐정으로 브라운 신부가 등장하는 연작 탐정 소설을 쓰기도 했다.
** 토머스 드퀸시(1785~1859년): 영국의 수필가이자 비평가. 대표작으로 『영국인 아편쟁이의 고백』 등이 있다.

만들어 내지는 못했습니다. 발자크의 심리 소설은 우리를 만족시키지 못한다는 오르테가 이 가세트의 지적은 일리가 있었습니다. 그리고 이와 동일한 말은 그의 작품 줄거리 구성에 관해서도 적용할 수 있을 것입니다. 셰익스피어와 세르반테스는 아름다움을 잃지 않은 채 남자로 변장한 여자 아이라는 비도덕적인 생각을 하며 즐거워했지만, 이제 그런 생각은 전혀 설득력이 없습니다. 나는 내가 근대 정신의 미신, 즉 어제는 오늘과 본질적으로 다르거나 내일과 다를 것이라는 모든 허황된 생각에서 자유롭다고 믿습니다. 하지만 그 어떤 시기에도 헨리 제임스의 『나사의 회전』이나 카프카의 『심판』 혹은 쥘 베른의 『지구 속 여행』과 같은 놀라운 줄거리를 지닌 소설은 없었다고 단언합니다. 또한 지금 여러분들이 읽을, 아돌포 비오이 카사레스가 부에노스아이레스에서 쓴 이 소설도 마찬가지로 당신을 놀라게 할 것입니다.

줄거리를 창작해 낼 수 없는 금세기의 전형적인 대중 장르인 탐정 소설은 신비의 베일에 싸인 사건들을 언급한 뒤에 합리적인 사실에 의거하여 그것을 증명하고 보여 줍니다. 이 작품에서 아돌포 비오이 카사레스는 어쩌면 가장 어렵게 보일지도 모르는 문제를 쉽게 해결합니다. 그는 정신 착란이나 상징이 아니라면 도저히 설명이 가능할 것 같지 않은 기적의 오디세이를 전개하면서 전혀 초자연적이지 않은 환상적인 가정을 통해 그런 기적들을 해석합니다. 여기서 나는 이 작품의 줄거리를 비롯하여 그가 실천에 옮긴 수많은 섬세한 지혜에 관해서는 살펴보지 않을 예정입니다. 그렇게 되면 너무 일찍 또는 불완전하게 이 작품을 밝힐 위험에 빠지기 때문입니다. 단지 비오이는 성 아우구스티누스와 오리게네스가 반박했고, 블랑키*가 증명했던 개념을 문학에서 새롭게 부활시킨다는 사실만 천명하고자 합니다. 단테 가브리엘 로제티는 이런 개념을 기억할 만한 시구로 이렇게 표현했습니다.

나는 예전에 여기에 있었네.
하지만 언제 어떻게 있었는지는 말할 수 없네.
문 너머에 풀밭이 있고
달콤한 장송곡이 냄새를 풍기고
바닷가 주변에 한숨짓는 소리와
불빛이 있다는 것을 알고 있네…….

스페인어권에서 합리적인 상상력의 작품을 발견하기란 좀처럼 쉽지 않습니다. 위대한 작가들은 알레고리나 과장된 풍자, 그리고 가끔씩 종잡을 수 없는 간단한 언어를 사용했습니다. 이런 작품들 중 내가 기억할 수 있는 최근의 것은 레오폴도 루고네스의 『이상한 힘』에 수록된 몇몇 이야기와 이제는 부당하게 잊혀 버린 산티아고 다보베의 단편 소설 하나밖에는 없습니다. (제목 자체부터 섬의 또 다른 발명자인 모로 박사를 암시하는) 『모렐의 발명』은 우리의 땅과 우리의 언어에 새로운 장르를 선사합니다.

---

* 루이오거스트 블랑키(1805~1881년): 프랑스의 급진주의자.

나는 이 작품의 작가와 함께 줄거리에 관해 세세히 논의했고, 그것을 다시 읽었습니다. 그리고 이 작품을 완벽한 소설로 분류하는 것은 결코 정확하지 않은 평가도 과장된 평가도 아니라고 생각합니다.

  호르헤 루이스 보르헤스

차례

모렐의 발명

일러두기

1. 이 책에 나오는 〔편집자 주〕는 작가가 소설 속에 넣어 둔 장치로, 주인공-화자의 말
에 논평을 하는 또 다른 서술자의 역할을 한다.
2. 〔편집자 주〕를 제외한 주석은 모두 옮긴이가 붙인 것이다.

오늘, 이 섬에서 기적이 일어났다. 여름이 앞질러 온 것이다. 나는 수영장 옆으로 침대를 옮겨 내놓았지만, 도저히 잠을 이룰 수가 없었기 때문에 아주 늦은 시간까지 물 속에 들어가 있었다. 너무 더워서, 수영장 밖에 이삼 분만 나와 있어도 끔찍스럽게 잔잔한 바람으로부터 나를 보호해 주었던 물은 이내 땀이 되어 버렸다. 새벽에 나는 축음기 소리에 잠을 깼다. 하지만 내 물건들을 찾으러 박물관으로 돌아갈 수는 없었다. 난 계곡을 통해 빠져나왔다. 지금 나는 섬의 남쪽 저지대에 있다. 수초들이 무성하고, 모기들이 나를 괴롭힌다. 바닷물, 아니 더러운 물이 내 허리춤까지 차 올라와 있고, 게다가 나는 내가 그렇게 성급히 도망칠 필요가 없었음을 깨닫고 있다. 난 그 사람들이 나를 체포하러 온 게 아니라고 생각한다. 그리고 어쩌면 나를 보지도 못했을 것이라고 생각한다. 하지만 난 계속 내 운명을 따르고 있다. 난 먹을 것 하나 없이 이 섬에서 가장 좁고 인간이 살기에 가장 나쁜 곳에 처박혀 있다. 이곳은 일주일에 한 번씩 바닷물에 잠기는 늪지대이다.

난 불운한 기적의 증거를 남기고자 이 글을 쓴다. 앞으로 며칠 사이에 물에 빠져 죽거나 자유의 몸이 되기 위해 도망치려다 죽임을 당하지 않는 한, 나는 『생존자의 변호(*Defensa ante Sobrevivientes*)』와 『맬서스*의 찬양(*Elogio de Malthus*)』이라는 책을 쓸 생각이다. 이 책들에서 나는 밀림과 사막의 신성함을 파괴하는 자들을 공격할 것이다. 도망자들에게 이 세상은 무자비한 지옥이며, 그런 세상의 완벽한 경찰들과 그들의 서류들, 그리고 신문과 라디오 방송과 국경 순찰대도 돌이킬 수 없는 실수를 범할 수 있음을 보여 줄 생각이다. 여태껏 나는 이 페이지까지밖에 쓸 수 없었다. 그것은 어제까지만 해도 무슨 일이 벌어질지 전혀 예상하지 못했기 때문이다. 이 고독한 섬에는 할 일이 너무나 많지 않은가! 여기서 자라는 나무는 우리 힘으로 어찌할 수 없을 정도로 단단하지 않은가! 날아다니는 새를 보면서 나를 에워싼 우주가 얼마나 넓은지 깨달을 수 있지 않은가!

내가 이곳에 올 생각을 한 것은 콜카타에서 양탄자를 팔던 어느 이탈리아 사람 덕분이었다. 그는 이탈리아어로 이렇게 말했다.

---

* 토머스 로버트 맬서스(1776~1834년): 1798년 익명으로 『인구론』을 출판했고 1803년 이 책이 『인류의 행복에 관한 과거와 현재의 효과에 관한 요약』으로 재출판되면서 비로소 자기의 이름을 쓴다.

"당신처럼 쫓기는 사람이 살 수 있는 곳은 세상에 단 한 곳뿐입니다. 그곳은 무인도입니다. 그 어떤 사람도 살 수가 없거든요. 1924년경 그 섬에 백인들이 박물관과 예배당 그리고 수영장을 지었습니다. 공사가 끝난 지금 그것들은 버려진 채 있습니다."

나는 그의 말을 가로막고 그곳으로 가고 싶으니 도와 달라고 했다. 그러자 그 상인은 계속해서 말했다.

"중국 해적들도 그 섬에는 가지 않아요. 록펠러 연구소*의 하얀 배도 절대로 그 섬은 들르지 않지요. 그곳은 아직도 정체가 밝혀지지 않은 전염병의 근거지거든요. 그곳에 가까이 가기만 해도 우리의 몸을 공격한 후 몸속으로 침투해서 조금씩 우리를 죽이는 전염병에 걸리지요. 손톱과 발톱, 머리카락이 빠지고 피부와 눈의 각막이 죽어 버려요. 그래서 우리 몸은 일주일 아니면 기껏해야 보름 정도밖에 살 수 없어요. 이 섬을 조사하던 증기선의 선원들은 가죽이 벗겨지고 머리카락, 손톱, 발톱이 빠진 채 모두 죽어 있었지요. 일본 순양함 '나무라' 호가 그들을 발견했을 때 그런 모습이었어요. 그러자 두려움에 사로잡힌 일본 순양함은 증기선에 포격을 가해 배를 침몰시켰어요."

그러나 내 삶이 너무나 끔찍해 참을 수 없었기 때문에 나는 무슨 일이 있어도 그곳으로 떠나기로 결심했다……. 그때 이탈리아 상인은 내 생각을 바꾸려고 했지만, 난 오

* 1901년 존 데이비슨 록펠러가 뉴욕에 세운 연구소. 의학 분야의 연구에만 전념한 끝에 세계적으로 유명한 의학 기관이 되었다.

히려 그에게 도와 달라고 애원했다.

어젯밤 나는 아무도 없는 이 섬에서 백 번째 잠을 잤다……. 건물들을 바라보면서 그토록 많은 돌들을 여기까지 가져오는 데 얼마나 힘이 들었을지 생각했다. 아마도 밖에 벽돌 아궁이를 만드는 것이 훨씬 실용적이고 쉬웠을 것이었다. 나는 아주 늦게야 잠들었지만, 새벽녘에 음악 소리와 고함 소리에 잠을 깼다. 도망자 생활을 시작한 이후 나는 한 번도 깊은 잠을 잘 수 없었다. 배나 비행기 또는 그 어떤 교통수단도 이곳에 오지 않았을 거라고 확신한다. 그랬다면 분명 무슨 소리를 들었을 것이다. 그런데 이상하게도 이 덥고 지겨운 여름밤에 무성한 잡초로 뒤덮인 언덕이 불현듯 사람들로 가득 뒤덮여 있었다. 그들은 마치 로스테케스*나 마리앙바드**의 여름 휴양지에라도 온 것처럼, 춤을 추거나 언덕 아래위를 이리저리 거닐었고 수영장에서 수영을 하기도 했다.

* * *

바닷물로 출렁이는 늪지대에서 나는 언덕 꼭대기, 박물관에 머물고 있는 피서객들을 바라본다. 어쩌면 어떤 사람은, 도저히 설명할 수 없는 그들의 출현을 두고 어젯밤의

---

* 베네수엘라의 카라카스 남쪽에 있는 도시.

** 알랭 로브그리예가 시나리오를 쓰고 알랭 레네가 감독한 영화 「지난해 마리앙바드에서(L'anneé dernière à Marienbad)」(1961)는 이 소설에서 영감을 받아 제작되었다.

더위로 내 머리가 이상해진 게 틀림없다고 상상할지도 모른다. 그러나 여기에는 헛것도 없고, 영상도 없다. 그들은 진짜 사람, 적어도 나만큼은 진짜인 사람들이다.

그들은 모두 똑같이 몇 년 전에 유행하던 옷을 입고 있다. 그것은 그들이 아주 이상하고 희한한 사람들이라는 것을 뜻한다. 그러나 나는 축음기와 영사기 같은 장치를 이용하여 그리 멀지 않은 과거의 마술을 포착하는 사람들이 많다는 사실을 알고 있다.

빌어먹을 사형 선고의 운명이 어떤 것인지는 잘 모르지만 나는 어쩔 수 없이 사형수의 시선으로 계속해서 그들을 주시한다. 그들은 자기들 발밑에 득실거리는 뱀들에는 신경도 쓰지 않은 채 잡초가 무성한 언덕에서 춤을 추고 있다. 그들은 내 무의식적인 적이다. 그들은 전염병이 만연한 늪에 나를 몰아넣고 내가 그토록 힘들게 얻어 놓은 모든 것, 그러니까 내가 살아가는 데 필요한 모든 것을 빼앗았다. 그들은 바람 소리와 바닷소리를 들으며 축음기를 크게 틀어 놓고 자기들이 가장 좋아하는 음악 「두 사람을 위한 차(Tea for Two)」와 「발렌시아(Valencia)」를 듣고 있다.

그들을 지켜보는 것은 위험한 오락일지도 모른다. 교양인들이 모이는 모든 모임이 그렇듯 그들은 의심할 나위 없이 자신들이 영사관 연락망과 지문 기록을 가지고 있다는 사실을 숨기고 있을 것이다. 필요한 의식이나 회의를 거친 다음 그들은 나를 감옥으로 보낼지도 모른다.

하지만 이건 너무 지나친 생각일 수 있다. 난 그 혐오스러운 침입자들을 지켜보면서 일종의 매력을 느끼고 있다.

사람을 본 지 꽤 오래되었기 때문이다. 하지만 계속해서 그들을 바라보는 것은 불가능한 일일 것이다.

우선 나는 할 일이 많다. 이 섬은 심지어 가장 노련한 섬사람까지도 죽일 수 있는 곳이다. 그런데 나는 이곳에 도착한 지 그리 오래되지도 않았고 더군다나 일할 때 쓸 연장도 없다.

두 번째로, 그들이 자기들을 지켜보고 있는 나를 보거나 또는 섬의 이 지역으로 내려와 나를 발견할 위험이 다분하다. 그들을 피하기 위해, 난 덤불 속에 은신처를 만들어야만 한다.

마지막으로, 내가 그들을 보기가 몹시 힘들다. 그들은 언덕 꼭대기에 있고, 나는 언덕 아래에 있다. 그래서 그들을 훔쳐보는 내게는 그들이 거인들처럼 보인다. 그들이 계곡으로 가까이 내려오면, 난 그들을 훨씬 잘 볼 수 있을 것이다.

내 상황은 불쌍하기 짝이 없다. 그 어느 때보다도 더 많은 밀물이 들어와 해수면이 높아지더라도 나는 이 모래톱 위에서 살아야 한다. 며칠 전에는 내가 섬에 도착한 이후 가장 큰 밀물이 들어왔다.

어두워지면 나는 나뭇가지들을 주워 모으고 그것들을 나뭇잎으로 덮어 침대를 만든다. 잠이 깼을 때 내 몸이 물속에 잠겨 있어도 전혀 이상하게 생각하지 않는다. 밀물은 아침 7시경에 들어온다. 하지만 가끔씩은 그보다 더 일찍 밀려오기도 한다. 그리고 일주일에 한 번은 모든 것에 종지부를 찍을 만큼 많은 바닷물이 밀려온다. 나는 나무줄기에 상처를 내면서 하루하루를 센다. 한 번만 실수를 저질러도 내 폐가 물로 가득 찰지 모르기 때문이다.

나는 이 종이가 유서가 되고 있다는 사실에 불쾌감을 느낀다. 그러나 만약 그것이 어쩔 수 없는 것이라면, 내 진술서가 진실임이 확인될 수 있도록 최선을 다할 것이다. 그래야 사람들이 언젠가 내가 사기로 고소되었다는 것을 알더라도 부당하게 사형을 선고받았다는 내 말이 거짓이 아님을 믿을 것이기 때문이다. 난 레오나르도 다빈치의 모토인 '오스티나토 리고레'*를 충실하게 따르려고 애쓸 것이다.

난 이 섬이 '빌링스'**라는 이름을 가졌고, 엘리스 군도에 속한다는 것을 알고 있다. 더 자세한 정보는 양탄자 상인인 달마시오 옴브렐리에리(콜카타, 람크리슈나푸르 교외 지역, 하이데라바드 가 21번지)에게 들을 수 있다. 그 이탈리아 상인은 내가 둘둘 말린 페르시아 양탄자 속에 숨어 있던 며칠 동안 먹을 것을 주었다. 그리고 라바울***로 향하는 배의 창고에 날 내려 주었다. 이 기록 속에서 그를 떠올리지만, 사실 그에게 몹시 감사하고 있기 때문에 그의

---

* Ostinato rigore. '완고한 엄격성'이란 뜻으로 어렵고 힘든 상황에서도 끈기 있게 행동한다는 것을 의미한다.
** 폴리네시아에 있는 섬. 길버트와 엘리스 군도의 영국 식민지에 속한다.
　〔편집자 주〕이 사실은 의심스럽다. 그는 언덕과 몇 종류의 나무에 대해 이야기하는데, 엘리스 군도, 혹은 산호초 군도는 낮고 평평하며, 그 산호 모래밭에는 코코야자 나무만 자랄 뿐이다.
*** 오스트레일리아 신탁 통치령인 비스마르크 제도의 가장 큰 도시.

명예에 누를 끼칠 마음은 추호도 없다……. 내 책 『생존자의 변호』에는 조금의 의심도 남겨 놓지 않을 작정이다. 그러니까 옴브렐리에리를 부당한 사형 선고에서 도망친 박해받는 이웃에게 자비를 베푼 착한 사람으로 인간의 기억, 즉 천국에 소중하게 놓아둘 것이다. 심지어 앞으로 쓰게 될지도 모를 최후의 기억에서도 그를 자비로운 사람으로 기록할 생각이다.

나는 라바울에서 내렸다. 양탄자 상인의 명함을 가지고 나는 시칠리아에서 가장 잘 알려진 사교계 사람 하나를 찾아갔다. 희미하게 비추는 금속성의 달빛과 생선 통조림 공장의 악취 속에서 그는 내게 마지막 주의 사항을 들려주고는 훔친 배 한 척을 주었다. 난 미친 듯이 노를 저어 이 섬에 왔다. 정말로 믿을 수 없는 일이었다. 나는 나침반 읽는 법도 몰랐고, 방향 감각도 잃어버렸으며, 모자도 없었고, 병들어 있었고, 또 종종 헛것도 보았기 때문이다. 배는 섬의 동쪽 모래밭에 좌초했다. 물속에 섬을 에워싼 산호 암초가 있었음에 틀림없다. 난 그 끔찍한 경험을 되새기면서 내가 목적지에 도착했다는 사실도 잊은 채 하루 이상 배 안에서 머물렀다.

* * *

섬에는 갖가지 식물들이 무성하게 자라고 있었다. 봄, 여름, 가을, 겨울 철마다 피는 꽃들과 한창인 목초들이 있었다. 한 계절의 꽃이 지고 나면 다른 계절의 꽃이 피어나면서 서로 뒤질세라 급하게 따라잡았고, 죽는 것보다 새로 피어나는 것이 더욱 급해 보였다. 끝없이 뒤엉킨 채 각각의 식물들이 서로의 시간과 장소를 침범하고 있었다. 반면에 나무들은 병이 든 것처럼 보였다. 위에서 아래를 향해 죽어 가는 듯, 줄기는 힘차게 가지를 뻗고 있었지만, 위에 있는 나뭇가지들은 메말라 있었다. 여기에는 두 가지 이유가 있을 수 있다. 즉 풀들이 토양의 자양분을 모두 빼앗아 가고 있거나 아니면 나무의 뿌리들이 돌에 닿았기 때문이라고 추측할 수 있다. 어린 나무들이 건강한 것을 보면 아마도 두 번째 가정이 맞는 것 같다. 언덕의 나무들은 너무나 단단하게 자라서 도저히 자를 수가 없다. 그리고 모래톱에 있는 나무들 역시 아무 쓸모가 없다. 손가락만 갖다 대도 부서지기 일쑤여서 손에는 끈적끈적한 톱밥과 부슬부슬한 나뭇조각만 남기 때문이다.

* * *

섬에는 풀이 무성한 네 개의 계곡이 있다. 서쪽 계곡에는 커다란 바위들이 있다. 박물관, 예배당, 그리고 수영장은 언덕 꼭대기에 있다. 가공되지 않은 돌들로 지어진 이 세 석조 건물들은 모두 현대식이며 각 진 모양을 하고 있고 그 어떤 장식도 가지고 있지 않다. 이 돌들은 유럽식 건축재를 어쭙잖게 모방한 것처럼 보이며 건물 스타일과도 완벽하게 어울리지 않는다.

예배당은 납작한 직사각형이라 아주 길쭉한 상자처럼 보

인다. 수영장은 훌륭하게 지어졌지만, 지면보다 높지 않기 때문에 어쩔 수 없이 항상 뱀이나 개구리 또는 다른 수생 벌레들로 가득하다. 박물관은 3층으로 된 큰 건물이다. 눈에 띄는 지붕은 없고, 앞쪽에는 복도가 하나 있으며, 그 뒤에는 그것보다 더 작은 복도와 원통 모양의 탑이 있다.

내가 도착했을 때 박물관은 열려 있었다. 난 즉시 그 안에 자리를 잡았다. 난 그 건물을 박물관이라고 부른다. 그 것은 이탈리아 상인이 그 건물을 박물관이라고 불렀기 때문이다. 그 이유가 무엇일까? 그가 이유를 알고 있는지, 누가 알겠는가. 그 건물은 쉰 명 정도를 수용할 수 있는 훌륭한 호텔일 수도 있고, 정신 병원일 수도 있다.

거기에는 규모가 엄청나지만 불완전한 서재가 있다. 그 서재는 소설과 시, 희곡으로만 이루어져 있다. 딱 한 권 예외가 있는데, 그것은 바로 벨리도르*가 쓴 조그만 책자이다. 1937년에 파리에서 출간된 『페르시아의 수차(水車)』라는 그 책은 초록색 대리석 선반 위에 있었지만, 이제는 실이 너덜너덜한 내 바지주머니에 있다. 내가 그 책을 챙긴 이유는 '벨리도르'라는 이름이 호기심을 자극했기 때문이다. 그리고 이 『페르시아의 수차』라는 책이 내가 이 섬의 저지대에서 보았던 수차를 이해할 수 있도록 도와줄지도 모른다고 생각했다. 나는 재판을 받기 이전에 시작했던 내 연구 계획에 필요한 책이 혹시 있을까 해서 책장을 자

---

* 베르나르 포레스트 데 벨리도르(1698~1761년). 스페인의 카탈루냐에서 태어나 프랑스 파리에서 세상을 떠났다. 프랑스 공병 출신의 토목 기사이자 수리학에 관한 고전적인 작품의 저자로 유명하다.

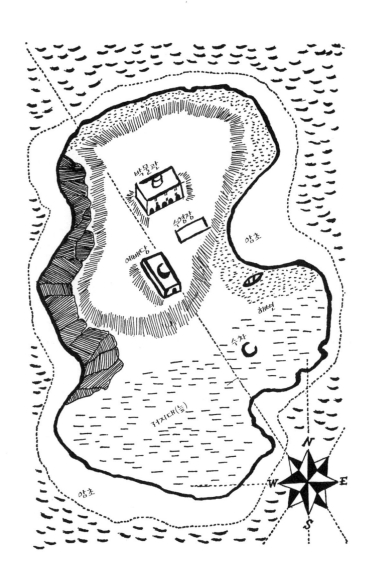

세히 살펴보았다. 고독한 이 섬에서 그 연구를 계속하고 싶었다. (난 우리가 죽음을 거스르는 것을 정복하지 못했기에 불멸성을 잃어버린다고 생각한다. 우리는 불멸성이란 육체 전체가 살아 있어야 가능한 것이라는, 가장 초보적이고 기본적인 생각만을 주장한다. 우리는 의식과 관련 있는 부분만을 영원히 보존하려고 추구해야 할 것이다.)

회의실처럼 보이는 그 커다란 방은 초록색 줄무늬가 있는 장밋빛 대리석 벽으로 지어져 있다. 그래서 기둥이 움푹 들어간 것처럼 보인다. 파란 유리판을 끼운 창문은 내가 태어났던 집의 옥상까지도 닿을 것 같다. 여섯 사람이 들어가고도 남을 만한 설화석고 항아리 네 개에서 전등 불빛이 환하게 새어 나오고 있다. 책들은 그런 살풍경한 방의 장식을 다소 나아 보이게 한다. 방의 한쪽 문은 복도를 향해 열리고 다른 쪽 문은 둥근 방을 향해 열린다. 그리고 칸막이로 가려 놓은 가장 작은 문은 달팽이 계단으로 통해 있다.

복도 끝에 있는 주(主) 계단에는 우아한 카펫이 깔려 있다. 그곳에는 가는 가지를 엮어 만든 의자들이 놓여 있고, 벽은 책으로 뒤덮여 있다.

식당은 대략 가로 16미터, 세로 12미터 정도의 크기이다. 벽마다 각각 세 개의 마호가니 기둥이 있고, 이 기둥들은 칸막이 관람석과 같은 테라스들을 지탱하고 있으며, 각각의 테라스에는 황토로 된 테라 코타로 만든, 인도나 이집트의 것으로 보이는 신들의 좌상(坐像)이 있었다. 각 신은 인간보다 세 배는 더 크고, 석고로 만든 식물에서 튀어나온 어두운 나뭇잎들로 에워싸여 있다. 테라스 아래에 있는 긴 화판에는 후지타*의 그림이 걸려 있는데, 너무나 수수한 그림이어서 그 방의 분위기와 전혀 어울리지 않는다.

둥그런 방의 바닥은 수족관이다. 물속의 투명한 유리 상자 안에는 전기 램프가 있다. 그것은 창문이 하나도 없는 그 방의 유일한 조명이다. 그곳을 떠올리자 속이 메스꺼워진다. 내가 도착했을 때 물 위에는 죽은 물고기 수백 마리가 둥둥 떠다니고 있었다. 그것들을 처리했던 일은 생각만 해도 역겨워진다. 나는 며칠 동안 그 물이 흘러 나가도록 놔두었다. 하지만 아직도 그 방에 있을 때면 항상 썩은 생선 냄새를 맡을 수 있다. (이것은 우리 나라의 해변을 떠올리게 한다. 그곳에서는 살아 있거나 이미 죽은 수많은 물고기가 물 위로 모습을 드러내면서 넓디넓은 바다의 공기를 오염시키곤 했다. 그런 동안 어찌할 바 모르고 있던 마을 사람들은 재빨리 그 물고기들을 파묻곤 했다.) 불이 환히 켜진 바닥과 그것을 에워싼 검은 래커의 기둥들 덕분에 그 방에 들어서면 마법에 걸린 듯 숲 한가운데의 연못 위를 거닐고 있다는 상상을 하게 된다. 이 방은 두 개의 방과 접해 있다. 하나는 커다란 방, 그러니까 회의실이고 다른 하나는 초록색의 조그만 방이다. 그 조그만 방에는 피아노와 축음기 그리고 스무 쪽이 넘는 거울 칸막이가 있다.

방들은 현대적이고 화려하지만 쾌적하지는 않다. 이 건

---

9) 후지타 쓰구지(1886~1968년). 1920년대 프랑스 파리에 거주하면서 유럽에 이름을 알렸던 일본의 화가.

물에는 열다섯 개의 스위트룸이 있다. 나는 내가 쓰는 방을 깨끗이 청소하기 위해 무진 애를 썼지만, 나아진 게 거의 없었다. 그곳에는 피카소의 그림도 없고 검게 그을린 크리스털도 없으며, 유명한 사람들의 서명이 담긴 책도 없었다. 하지만 나는 그 불편한 폐허에서 살았다.

* * *

두 번에 걸쳐 유사하게 나는 지하실에서 무언가를 찾아냈다. 첫 번째 발견은 내가 먹을 것을 찾고 있을 때—창고의 식량이 갈수록 바닥을 드러내고 있었다.—일어났다. 난 그곳에서 발전기를 발견했다. 그리고 지하실을 둘러보다가, 내가 밖에서 보았던 채광창이, 그러니까 소나무 나뭇가지로 일부가 가려진 두꺼운 유리판과 격자무늬 창살이 있는 채광창이 안에서는 전혀 보이지 않는다는 것을 알았다. 마치 그 채광창은 실제로 존재하지 않으며 내가 꿈속에서 본 것이라고 주장하는 누군가와 말다툼을 벌인 것 같은 느낌이었다. 그래서 난 그것이 정말로 그곳에 존재하는지 확인하기 위해 밖으로 나갔다.

난 다시 그걸 보았다. 그리고 지하실로 되돌아 내려가 어렵사리 방향 감각을 되찾은 후 그 안에서 채광창의 위치에 해당하는 장소를 찾았다. 그것은 벽 뒤편에 있었다. 나는 갈라진 틈과 비밀의 문을 찾으려고 했지만, 헛된 일이었다. 벽은 아주 매끈매끈하고 견고했기 때문이다. 그러자 이런 섬이라면 벽으로 막은 공간에 틀림없이 보물이 숨겨져 있을 것이라는 생각이 들었다. 난 벽을 부수고 그 뒤에 무엇이 있는지 알아보기로 했다. 사실 기관총이나 탄환이 아니라 내가 그토록 절실하게 찾고 있는 식량이 있을 가능성이 훨씬 높다는 생각에 그렇게 했던 것이다.

문을 잠그는 데 사용하던 쇠 빗장을 떼어 낸 뒤에 갈수록 희미해져 가는 빛에 의지해서 나는 그 빗장으로 벽에 조그만 구멍을 냈다. 그때 파란 빛이 보였다. 나는 미친 듯이 열심히 팠고, 그날 오후가 되자 기어 들어갈 수 있을 정도의 커다란 구멍을 뚫을 수 있었다. 내 첫 번째 느낌은 먹을 것을 찾지 못한 데서 오는 실망도 아니었고, 물 펌프와 발전기를 발견했다는 안도감도 아니었다. 난 너무나 놀란 나머지 오랫동안 넋을 잃고 있었다. 벽과 천장과 바닥이 모두 파란색 타일로 되어 있었고, (바깥 세계와 통하는 것은 나뭇가지에 가려진 높은 채광창이 전부였다.) 그 방의 공기까지도 폭포수의 물거품처럼 투명한 하늘색을 띠고 있었다.

난 내연 기관에 대해서는 거의 아는 바가 없지만 얼마 되지 않아 그 발전기를 작동시킬 수 있었다. 이제 빗물이 바닥나면 나는 물 펌프를 작동시킨다. 두 기계 모두 상대적으로 단순하고 또 훌륭한 상태로 보관되어 있다는 사실에 적잖이 놀랐다. 특히 내가 그것들을 작동시킬 수 있다는 사실에 깜짝 놀랐다. 하지만 작은 고장만 나더라도 나는 해결 방법을 몰라 체념하고 말 것이라는 걸 잘 안다. 난 너무나 무식한 나머지 아직도 그 방의 초록색 엔진들이 무슨 목적으로 있는 건지 그리고 섬의 남쪽 끝에 있는 수차의 바퀴들이 어디에 쓰이는 건지 모른다. (수차의 바퀴는 쇠파이프로 지하실과 연결되어 있다. 해변에서 그토록 멀리 떨어져 있지만 않았어도, 난 그것이 조수(潮水)와 관련이 있을 것이라고 상상했을 것이다. 아마도 발전기의 축전기를 충전하는 데 사용되는 것은 아닐까?) 이런 무지 때문에 나는 무척이나 발전기를 아껴서 돌린다. 반드시 필요한 경우에만 발전기를 가동시킨다.

그러나 한 번 나는 박물관의 모든 불을 밤새 환히 밝힌 적이 있다. 바로 그때가 두 번째로 지하실에서 무언가를 발견한 때다.

나는 몸이 안 좋았다. 그래서 박물관 어딘가에 약이 보관되어 있기를 바랐다. 하지만 위층에는 아무것도 없었다. 난 지하실로 내려갔고……. 그날 밤 나는 내가 아프다는 사실을 잊었고 꿈꿀 때마다 날 고통스럽게 했던 끔찍한 공포도 잊어버렸다. 나는 비밀의 문과 계단과 지하 2층을 발견했다. 그리고 영화에서나 보던 방공호처럼 생긴 다면체의 방으로 들어섰다. 벽은 두 종류의 판으로 덮여 있었다. 하나는 코르크처럼 보이는 재료였고, 다른 하나는 대리석이었는데, 두 개의 판이 대칭을 이루면서 가지런히 배열되어 있었다. 난 한 걸음을 내딛었다. 돌 아치 너머로 나는 똑같은 방이 마치 거울에 반사된 듯 여덟 방향으로 여덟 번이나 반복된 것을 보았다. 그러자 내 주변을 비롯해 아래위로 박물관을 걸어 다니는 수많은 발소리들이 끔찍할 정도로 너무나 선명하게 들려왔다. 난 조금 더 앞으로 나아갔다. 그러자 발소리들이 사라졌다. 마치 모든 소리를 죽이는, 베네수엘라의 차가운 고지를 덮은 눈 위를 걷고 있는 듯했다.

나는 계단을 통해 위층으로 올라갔다. 조용했다. 외로운 바다 소리와 지네들이 조용히 움직이는 소리가 전부였다. 나는 귀신이나, 그것보다는 가능성이 없지만 경찰이 들이닥칠지 모른다는 생각에 두려웠다. 그래서 커튼 뒤를 은신처로 택하여 그곳에 서서 몇 시간을 지루하게 보냈다. (내 모습이 밖에서 보일 수도 있었지만, 방에 있는 누군가에게서 도망치려면 창문을 열어야 했다.) 그런 다음 용기를 내어 집을 수색해 보기로 했다. 그러나 여전히 나는 안절부절못했다. 분명히 나는, 아래 위층을 가리지 않고 온 건물을 돌아다니는 선명한 발소리들에 포위되어 있었기 때문이다.

새벽에 나는 다시 지하실로 내려갔다. 똑같은 발소리들이 다시 나를 에워쌌다. 어떤 것은 가까이서, 또 어떤 것은 멀리서 들려왔다. 하지만 이번에는 그것의 정체를 알 수 있었다. 간헐적으로 떼를 지어 울려 퍼지는 둔중한 메아리들에 포위되자 기분이 나쁜 상태에서 나는 계속해서 지하 2층을 돌아보았다. 그곳에는 똑같이 생긴 방이 아홉 개나 있었다. 그것들은 방공호처럼 보였다. 1924년경에 이런 건물을 지은 사람이 누구일까? 그리고 왜 이곳을 버리고 간 것일까? 어떤 폭격을 두려워한 것일까? 이토록 잘 지어진 건물을 설계한 기술자가 자기의 정신 상태를 보여 주는 이런 은신처를 왜 만든 것일까? 가령 내가 한숨을 쉬면, 이삼 초 동안 가까이서 그리고 멀리서 그 한숨 소리가 메아리친다. 메아리가 없어지면 꿈속에서도 도망칠 수 없도록 너무나 무겁게 짓누르는 적막이 끔찍하기 짝이 없다.

주의 깊은 독자라면 이런 내 보고서에서 어느 정도 놀라운 상황과 사실과 사물 들의 목록을 손에 넣을 수 있을 것이다. 물론 그것들 중 가장 놀라운 것은 언덕에 사람들이 갑자기 출현했다는 것이다. 이 사람들은 1924년에 여기서 살았던 사람들과 얼마나 관계가 있는 것일까? 이 방문객들이 박물관과 예배당과 수영장을 지었을까? 이 사람들 중 하나가 언젠가 「두 사람을 위한 차」와 「발렌시아」의 선율을 듣길 중단하고 메아리로 가득한, 방탄 처리가 된 이 박물관을 설계했다는 것은 좀처럼 믿기 힘들다.

이 사람들 중 한 명이, 여자 하나가 매일 저녁 바위에 앉아 석양을 바라본다. 검은 머리카락 위에 밝은 스카프를 두르고, 두 손은 무릎 위에 가지런히 모으고 있다. 피부는 그녀가 태어나기 전부터 내리쬐던 햇볕에 그을린 탓인지 구릿빛을 띠고 있다. 그녀의 눈과 검은 머리카락 그리고 가슴은 내가 혐오하는 그림들에 나오는 어느 집시 여인이나 스페인 여인의 것들처럼 보인다.

아주 규칙적으로 이 일기를 쓰고 있지만, 내가 이 땅에서 보낸 어두운 나날을 합리화하기 위해 쓰고자 했던 『생존자의 변호』와 『맬서스의 찬양』은 머릿속에서 잊었다. 그러나 지금 내가 쓰고 있는 것은 일종의 신중한 조치가 될 것이다. 이 글은 내 생각이 바뀌더라도 변하지 않고 남아 있을 것이기 때문이다. 지금 내가 진실이라고 알고 있는 것을 잊어버려서는 안 된다. 나 자신의 안전을 위해서는 그 어떠한 이웃의 도움도 영원히 포기해야 하기 때문이다.

* * *

　나는 아무것도 바라는 것이 없다. 그것은 끔찍스러운 일이 아니다. 그 사실을 받아들인 후부터, 나는 마음의 평화를 얻었다.

　그러나 저 여자는 나에게 희망을 주었다. 난 그 희망을 두려워해야 한다.

　그녀는 매일 저녁 석양을 바라본다. 나는 숨어서 그녀를 바라본다. 어제 그리고 다시 오늘도 난 내 밤과 낮 동안 내가 이 시간을 기다린다는 사실을 알았다. 집시처럼 관능적이고 너무나 큰 색색의 스카프를 두른 여자는 우스꽝스러운 모습이다. 그러나 아직도 난 그녀가 잠시라도 나를 바라보고 한 번만이라도 나와 이야기를 했다면, 그런 단순한 행동에서조차 나는 한 남자가 친구나 친척들 그리고 무엇보다도 사랑하는 여인에게서 얻을 수 있는 일종의 흥분을 느낄 수 있었을 것이라고 생각한다. 아니, 어쩌면 그럴 수 있을지 반신반의할 뿐인지도 모른다.

　내 판단과는 상이한 이런 희망은 나를 그녀에게서 멀리 떨어져 있게 만드는 낚시꾼이나 수염이 텁수룩한 테니스 선수나 품을 수 있는 것이다. 오늘 난 그녀가 그 엉터리 테니스 선수와 함께 있는 것을 보고 화가 치밀었다. 난 질투가 많은 사람이 아니다. 하지만 어제 역시 난 그녀를 볼 수 없었다. 바위로 가려 했지만, 그곳에서 낚시를 하는 사람들이 있어 더 이상 가까이 갈 수가 없었다. 그들은 내게 아무 말도 하지 않았지만, 난 그들이 나를 보기 전에 도망치고 말았다. 저 위에 있는 그들을 바라보지 않으려 애를 썼지만, 그건 불가능했다. 그들의 친구들은 그들이 낚시하는 것을 바라보고 있었다. 내가 돌아갔을 때 이미 해는 져 있었다. 외로운 바위들만이 밤이 되었음을 입증하고 있었다.

어쩌면 나는 돌이킬 수 없는 어리석음을 범하고 있는지도 모른다. 어쩌면 매일 오후 늦게 햇볕에 몸을 따스하게 데우는 그 여자가 나를 경찰에 인도할지도 모른다.

내가 그녀를 잘못 판단하고 있는지도 모르지만, 법의 힘을 잊을 수는 없다. 타인에게 선고를 내리는 입장의 사람들은 형벌을 부과하고, 그것은 우리로 하여금 자유가 얼마나 소중한지를 새삼 되돌아보게 한다.

이제 나도 어쩔 수 없이 수염이 텁수룩하고 먼지를 뒤집어쓰고 있다. 그래서 내 나이보다 조금 더 늙었다고 생각하면서, 의심할 나위 없이 아름다운 이 여인이 가까운 곳에 자비롭게 모습을 드러낼지도 모른다는 희망을 키우고 있다.

나는 이런 커다란 어려움은 순간적인 것이며, 그런 첫인상은 곧 지나갈 것이라고 확신한다. 그 가짜, 사기꾼은 결코 나를 이기지 못할 것이다.

* * *

지난 보름 동안 세 번이나 큰물이 밀려왔다. 어제는 거의 물에 빠져 죽을 뻔했지만, 다행히 목숨은 구했다. 물이 갑자기 밀려들었던 것이다. 나무에 새긴 표시를 점검하면서 나는 밀물이 오늘 들어올 것이라고 계산했다. 만일 새벽에 깊이 잠들어 있었다면, 아마도 나는 죽었을 것이다. 일주일에 한 번씩 밀려오는 바닷물은 어제 보기 드물 정도로 수위가 높았다. 이렇게 갑작스럽게 물이 밀려온 이유를 난 설명할 수 없다. 아마도 내 계산 착오거나 아니면 규칙적이던 만조(滿潮) 일정이 일시적으로 변했을 것이다. 만일 조수의 시간이 바뀌었다면 이 저지대에서의 내 목숨은 더욱 위험해질 것이다. 그러나 난 그런 변화에 적응하여 살아남을 것이다. 그토록 많은 역경에도 난 살아남지 않았는가!

나는 병에 걸려 오랫동안 통증과 고열에 시달렸다. 그러면서도 굶어 죽지 않으려고 무척이나 바쁘게 살았다. 그래서 글을 쓸 수 없었던 것이다. (그 때문에 저 위에 있는 내 이웃들을 죽도록 증오한다.)

내가 도착했을 때 박물관의 저장고에는 약간의 먹을 것이 있었다. 나는 아주 오래되고 시커먼 오븐을 이용해 밀가루와 소금과 물로 빵을 만들었지만, 도저히 먹을 수가 없었다. 그러나 이내 물을 한 모금씩 마셔 가며 봉지에 든 밀가루도 먹게 되었다. 난 그곳에 있는 모든 것을 먹어 버렸다. 심지어 어린 양의 상한 혀도 먹었다. 뿐만 아니라 하루에 세 개씩만 사용하던 성냥도 동이 나 버렸다. 처음 불을 발견했던 사람들은 우리보다 훨씬 더 진화된 이들이다. 나는 덫을 만들기 위해 내 몸에 상처를 입히면서 수많은 나날을 일하며 보내야만 했다. 그리고 마침내 덫을 만드는 데 성공했고 그 후 피가 뚝뚝 떨어지는 신선한 새들을 내 식탁에 추가할 수 있었다. 나는 속세를 떠나 숨어 사는 사람들의 전통적인 생활 방식을 따랐다. 풀뿌리까지도 먹었던 것이다. 그리고 내가 겪은 통증과 갑작스러운 고열, 끔찍한 피부 탈색 현상과 내 기억이 얼마나 지워졌는지에 의해, 또한 내 꿈을 가득 채운 공포에 의해 어떤 것이 가장 유해한 식물인지 구별할 수 있게 되었다.*

나는 비참하다. 여기 저지대에는 그 어떤 도구도 없다. 이 지역은 건강에 좋지 않고 불길하기까지 하다. 그러나 몇 달 전만 해도 이 같은 삶은 과분한 천국처럼 보였다.

날마다 일어나는 조수는 위험하지 않지만 정해진 시간에 어김없이 일어나는 것도 아니다. 가끔씩 그것은 내가 자려고 깔아 놓은, 나뭇잎으로 뒤덮인 나뭇가지들을 들어 올린다. 그래서 나는 늪의 진흙물과 바닷물이 뒤섞인 속에서 잠을 깨기도 한다.

오후가 되면 나는 사냥을 한다. 아침에는 물이 허리춤까지 차 올라와 있어 마치 몸의 대부분이 물이 잠긴 것처럼 몹시 굼뜨게밖에 움직일 수 없기 때문이다. 이런 불편함에 대한 보상인지는 몰라도 여기에는 뱀이나 도마뱀 같은 것은 거의 없다. 하지만 모기들은 일 년 내내 하루 종일 날아다닌다.

연장은 박물관에 있다. 연장을 다시 손에 넣기 위해 나는 용기를 가지고 그곳으로 가는 모험을 감행하려고 한다. 그러나 용기가 반드시 필요한 것은 아닐지도 모른다. 그 사람들은 사라질 것이기 때문이다. 어쩌면 그들은 순전히

---

* 〔편집자 주〕 그는 야자열매가 풍성히 맺힌 야자나무 밑에서도 살았을 것이다. 그러나 그런 사실은 언급하지 않는다. 그것들을 보지 못했을까? 아니면 그것들이 병에 걸려 열매를 맺지 못했던 걸까?

헛것일지도 모른다.

배는 내가 갈 수 없는, 섬의 동쪽 해변에 있다. 그러나 그걸 잃어버린다 해도 그리 문제될 것은 없다. 내가 정말 잃은 것은 내가 갇혀 있지 않으며 원하면 언제든 이 섬을 떠날 수 있다는 사실이다. 그러나 언제 이곳을 떠날 수 있을까? 그 배는 일종의 지옥이었다. 라바울에서 이곳으로 올 때, 내게는 마실 물도 없었고 머리에 쓸 모자도 없었다. 끝도 없는 바다를 노를 저어 건너왔다. 내 몸으로 뜨거운 햇볕과 피로를 견뎌 내는 건 무리였다. 나는 온몸이 불타고 있다는 느낌과 악몽에 끊임없이 시달리며 신음했다.

이제는 다행히 먹을 수 있는 뿌리를 구별하면서 시간을 보낸다. 나는 내 삶을 너무도 잘 관리할 수 있게 되었고 그래서 모든 일을 하고도 휴식을 취할 시간이 생겼다. 이런 휴식이 내게는 더없는 자유로움과 행복감을 준다.

어제는 생각보다 일을 더디게 했다. 오늘 줄곧 일했지만 아직도 할 일이 많아서 내일까지 해야 할 것 같다. 할 일이 너무 많을 때면 석양을 바라보는 여자를 생각할 틈이 없다.

어제 아침에 바닷물이 모래밭을 덮쳤다. 그렇게 커다란 조수는 난생처음 보는 것이었다. 비가 내리기 시작하자 수면은 계속 상승했다. (여기서는 좀처럼 비가 내리지 않지만 한번 내리기 시작하면 강풍을 동반해서 무섭게 퍼붓는다.) 난 피할 곳을 찾아야만 했다. 땅바닥은 미끌미끌하고 비는 억수같이 퍼붓고 바람이 휘몰아치고 나뭇잎은 거세게 휘날렸지만, 그런 난관을 딛고 나는 언덕으로 올라갔다. 그때 예배당에 숨을 곳이 있을 것이라는 생각이 떠올랐다. 그곳은 섬에서 가장 인적이 드문 곳이었다.

나는 사제들이 아침을 먹고 옷을 갈아입던 대기실 중 한 곳에 있었다. (박물관을 점령하고 있던 사람들 중에서 사제는 보지 못했다.) 그런데 이내 두 사람이 그곳에 서 있었다. 그들은 마치 다른 곳에서 그곳으로 온 사람들이 아니라 내 눈 또는 내 상상 속에서 나타난 사람들 같았다……. 바보처럼 어찌할 바 모르면서 난 레이스가 달린 빨간 실크 천이 덮인 제단 밑으로 몸을 숨겼다. 그들은 나를 보지 못했다. 아직도 그때를 생각하면 머리카락이 쭈뼛쭈뼛 선다.

그들이 떠난 후에도 나는 몸을 웅크린 채 꼼짝도 하지 않고 불편한 자세로 제단 밑에 있는 실크 천 사이로 밖을 자세히 응시하면서 한참을 보냈다. 폭풍우 소리에 정신을 집중한 채로 개밋둑으로 가득한 어두운 산과 길고 창백한 개미들이 움직이는 물결 모양의 길, 그리고 타일 바닥이 들썩이는 모습을 바라보고 있었다. 또한 벽과 지붕에 억수같이 퍼붓는 빗소리와 처마로 요란하게 흐르는 물소리, 바깥 보도에 넘치는 물소리 그리고 천둥소리에도 귀를 기울였다. 폭풍우와 부스럭거리는 나뭇가지, 해변을 사정없이 내리치면서 울려 퍼지는 파도와 근처에서 삐걱거리는 대들보 소리도 들려왔다. 그러면서 나는 내 은신처를 향해 다가올지도 모르는 누군가의 발소리 또는 목소리를 구별하려고 귀를 쫑긋 세우고 있었다. 왜냐하면 생각지도 못한 모습에 또다시 놀라고 싶지 않았기 때문에…….

그런 소리들 가운데 아주 희미하지만 정확한 선율의 일

부가 들려오기 시작했다. 그러나 이내 그것은 완전히 희미해졌고, 나는 레오나르도 다빈치의 말대로 우리가 축축한 얼룩들을 오랫동안 뚫어지게 바라볼 때면 나타나는 그런 얼굴을 생각했다. 그런데 다시 그 선율이 들려왔고 난 웅크린 자세로 귀를 기울였다. 눈은 희미해졌고 몸은 쑤셨지만, 아름다운 선율을 듣기 시작하자 이내 온몸이 전율했다.

잠시 후 나는 용기를 내서 창가로 다가갔다. 유리창에 맺힌 빗물은 하얗고 윤기가 없었다. 반면에 하늘에서 내리는 빗물은 진한 검은색이어서 하늘이 거의 보이지 않았다……. 그런데 그때 나는 내가 열린 문을 통해 겁도 없이 밖을 내다보고 있다는 사실을 깨닫고는 소스라치게 놀랐다.

여기에 사는 사람들은 지독한 속물들이다. 아니, 버려진 정신병원의 수용자들일 수도 있다. 관객은 아무도 없는데 (어쩌면 처음부터 그들은 나만을 위해 연기를 했던 것인지도 모른다.), 그들은 불편함을 감수하고 심지어 목숨까지 내놓으면서 특이하게 보이려고 노력한다. 이것은 내가 슬프고 원한이 맺혀 하는 말이 아니라 진실 그 자체이다……. 그들은 수족관 방 옆에 있는 초록색 방에서 축음기를 꺼내 와서는, 남녀가 함께 벤치에 앉거나 풀밭에 다리를 뻗고 앉은 채 나무뿌리를 몽땅 뽑아 버릴 기세로 위협적으로 퍼붓는 폭풍우 속에서 대화를 나누고 음악을 듣거나, 춤을 추고 있었다.

* * *

이제 스카프를 두른 여인은 내게 없어서는 안 될 존재가 되었다. 아무것도 기대하지 않겠다는 내 치료 요법은 어쩌면 상당히 우스꽝스럽게 보일 수도 있을 것이다. 인생에서 절대로 희망을 갖지 않겠다는 것은 실망과 좌절을 맛보지 않기 위해서이고, 나를 죽은 사람으로 생각하는 것은 죽지 않기 위해서이다. 이내 나는 이런 감정이 두렵고 혼란스러운 냉담함이라는 것을 깨달았다. 나는 이 감정을 이겨 내야 한다. 도망자 생활을 시작하면서 지독히 지루한 내 삶에 관심을 기울이지 않아 몸은 망가졌지만 그 결과 나는 마음의 평화를 얻을 수 있었다. 아마도 여인에게 관심을 갖겠다는 내 결심은 나를 과거, 즉 재판관 앞에 다시 서게 할 수도 있을 것이다. 하지만 일이 어떻게 되든 간에 내가 살고 있는 이 철저한 연옥보다는 나을 것이다.

모든 것은 바로 일주일 전에 시작되었다. 처음으로 내가 이 사람들의 초자연적인 출현을 목격했을 때였다. 오후에 나는 섬의 서쪽 바위 근처에 서서 벌벌 떨었다. 그리고 이 모든 것에 대해, 그러니까 너무 오랫동안 속세를 떠나 혼자 지낸사람 모양, 고작 집시 같은 여인을 보고 사랑에 빠지다니, 너무나 저속하고 통속적이라고 나 자신에게 말했다. 나는 다음 날, 그리고 그다음 날 오후에도 그곳으로 가서 그녀를 바라보았다. 그녀는 그곳에 있었고 나는 그녀의 출현이 내게 유일한 기적과 같다는 사실을 깨닫기 시작했다. 낚시꾼들과 수염이 텁수룩한 사람이 그곳에 있어서 그녀를 볼 수 없게 되자 나는 몹시 불길하고 불행한 나날들을 보냈다. 그때 밀물이 내가 있던 곳을 갑자기 덮쳤고 나는 그 참화에서 목숨을 구하려고 애썼던 것이다. 오늘 오후에…….

* * *

　나는 몹시 놀란 상태이다. 그러나 무엇보다도 나 자신에게 화가 난다. 이제 나는 언제든 들이닥칠 침입자들을 기다려야만 한다. 그들이 지체한다면 그건 불길한 신호다. 나를 잡기 위해 덫을 놓고 있다는 것 말고 다른 이유는 없기 때문이다. 나는 이 일기를 숨기고 핑계를 댄 후 배 가까이에서 그들이 기다리게 만들 것이다. 그리고 싸울 태세를 하고는 도망칠 생각이다. 하지만 내가 지금 직면한 위험은 별로 걱정되지 않는다. 나는 지금 몹시 불편한 자세이다. 나는 단지 내가 저지를 실수에만 관심이 있다. 만일 실수를 저지른다면 나는 영원히 그 여인을 잃어버릴 수도 있다.

　목욕을 하고 몸을 깨끗이 한 후 난 그녀를 보러 갔다. 하지만 수염과 머리카락에 남은 물기 때문에 전에 없이 텁수룩한 모습이었다. 내 계획은 이런 것이었다. 즉 바위에서 그녀를 기다리다가 그녀가 도착하면 석양을 넋 놓고 바라보는 내 모습을 발견하게 하는 것이다. 그러면 그녀의 놀람 또는 그녀가 가질지도 모르는 의심이 시간이 지나면서 호기심으로 바뀔 것이다. 넋 놓고 석양을 바라본다는 우리의 공통점은 그녀에게 좋은 인상을 줄 것이다. 그러면 그녀는 내게 누구냐고 물어볼 것이고, 우리는 친구가 될 수도…….

나는 아주 늦게 도착했다. (제대로 시간을 지키지 않는 습관 때문에 나 자신에게 화가 난다. 카라카스라는 문명화된 세계에서 내가 항상 유유자적하며 늦었다는 것을 생각하면 화가 난다. 그것은 나의 가장 큰 특징 중의 하나였다!)

난 모든 걸 망쳐 버리고 말았다. 그녀는 석양을 바라보고 있었고 나는 바위 뒤에서 갑자기 모습을 나타냈다. 텁수룩한 얼굴로 그녀를 내려다보는 내 모습은 실제의 나보다 훨씬 섬뜩했을 게 틀림없다.

침입자들은 언제든 나를 잡으러 올 것이다. 난 어떤 핑계를 댈 것인지 준비도 하지 않았다. 전혀 그들이 두렵지 않았던 것이다.

이 여자는 집시 이상의 것을 지니고 있었다. 그녀의 침착한 모습과 용기는 나를 놀라게 했다. 그녀는 나를 보았지만 그 어떤 표정도 짓지 않았다. 눈도 끔뻑거리지 않았고 두려워하는 표정으로 움직이지도 않았던 것이다.

아직 태양은 수평선 위에 걸려 있었다. (그건 태양이 아니라 태양처럼 보이는 것일 뿐이다. 이미 태양은 졌거나 지려는 시간이었다. 태양은 없지만 마치 신기루처럼 태양은 걸려 있었다.) 나는 급히 바위를 내려왔다. 그녀를 보았다. 밝은 색 스카프, 무릎 위에 올려놓은 꼭 잡은 두 손 그리고 그녀의 시선은 내 조그만 세상을 크게 만들어 주었다. 나는 제대로 숨조차 쉴 수 없었다. 바위와 바다와 모든 것이 파르르 떨며 동요하는 듯했다.

내가 이런 것을 생각하고 있을 때 가까이서 피곤한 듯 움직이는 바닷소리가 들려왔다. 마치 바다가 내 옆에 있는 듯했다. 잠시 마음을 가라앉혔다. 나는 약간 궁금했다. 그녀가 내 숨소리를 들었을까.

그때 그녀에게 말을 건넬 순간을 기다리는 동안 난 오래된 심리 법칙을 떠올렸다. 그녀를 내려다보고 그녀가 나를 올려볼 수 있는 높은 장소가 좋다는 것을 깨달았던 것이다. 높은 곳에 있으면 적어도 나의 결점이 가려질 것이 틀림없었다.

나는 더 높은 바위로 올라갔다. 그런 노력은 내 몸의 상태를 더 좋지 않게 만들었다. 또한 다른 것들도 내 몸을 좋지 않게 만드는 데 일조했는데, 그것들은 다음과 같다.

우선 내 성급함을 들 수 있다. 나는 오늘 당장 그녀에게 말을 걸어야 한다고 생각했다. 우리는 점점 짙어만 가는 어둠 속에 그리고 아무도 없는 곳에 단둘이 있었다. 그녀가 내게 겁먹지 않기를 원했기 때문에 나는 한시도 더 기다릴 수 없었다.

또 다른 것은 그녀를 바라보는 것이었다. 그녀는 마치 보이지 않는 사진사 앞에서 포즈를 취하고 있는 것처럼 침착했다. 아니, 석양의 고요함보다도 더 침착했다. 그리고 나는 그런 그녀를 방해하고 싶지 않았다.

그녀에게 말을 건넨다는 것은 내게 매우 불안한 모험이 될 수 있었다. 나는 내가 목소리를 낼 수 있을지 어떨지조차 모르고 있었다.

난 숨어서 그녀를 내려다보았다. 그녀가, 숨어서 바라보는 나를 볼까 두려웠다. 그래서 나는 모습을 드러냈다. 너무 갑작스럽게 그녀의 눈앞에 나타난 것 같았다. 하지만 그녀는 계속해서 평화롭게 숨을 쉬었다. 그녀는 내가 마치 투명 인간이기라도 한 것처럼 내 모습을 무시했다.

나는 더 이상 머뭇거리지 않았다.

"아가씨, 내 말 좀 들어 보세요."

나는 이렇게 말했다. 하지만 그녀가 내 말에 귀를 기울이지 않았으면 하는 마음이었다. 왜냐하면 너무나 흥분해 있었기에 무슨 말을 해야 할지 잊어버렸기 때문이다. '아가씨'라는 단어는 이런 섬에서 쓰기에는 너무나 엉뚱하고 우스꽝스럽게 들렸다. 그뿐만 아니라 내가 사용한 말은 나의 갑작스러운 출현과 그날의 시간 그리고 고독과 결합하여 너무나 명령 투이고 강제적이었다.

난 다시 말했다.

"당신이 원하지 않는다는 걸 알고 있지만……."

내가 무슨 말을 했는지 지금은 정확히 기억할 수 없다. 나는 거의 무의식 상태였다. 나는 부적절한 행동을 제안하는 태도로 천천히 작은 목소리로 말했다. 그리고 다시 '아가씨'라는 단어를 반복했다. 말을 멈추고 평화로운 장면을 함께 보면 쉽게 친해질 수 있을 것이라는 희망으로 난 석양을 바라보았다. 다시 말을 건넸다. 나 자신을 다스리려고 애썼고 그 노력은 내 목소리를 더욱 잦아들게 만들었다. 하지만 내 말투는 부적절한 행동을 하자고 더 강하게 암시하고 있었다. 다시 침묵이 흘렀다. 잠시 후 나는 불쾌하다는 태도로 다시 말을 건넸고 그러고는 다시 애원했다. 마침내 나는 우스운 사람이 되고 말았다. 내게 욕을 하라고, 심지어 내가 여기 있다는 걸 신고하라고. 하지만 제발

계속해서 침묵하지만 말아 달라고 몸을 떨면서 소리쳤다.

그러나 그녀는 내 말대로 할 것 같지도 않았고 나를 본 것 같지도 않았다. 마치 그녀의 귀는 아무 소리도 들을 수 없고 그녀의 눈도 아무것도 볼 수 없는 것 같았다.

어느 의미에서 그녀는 자기가 두려워하지 않는다는 것을 보여 주면서 나를 모욕했다. 밤이 되자 그녀는 가방을 집어 들고 천천히 언덕을 걸어 올라갔다.

아직은 아무도 나를 잡으러 오지 않았다. 아마 오늘 밤에는 오지 않을지도 모른다. 어쩌면 이 여자 역시 너무나 놀란 나머지, 나를 보았다는 사실을 그 누구에게도 말하지 않을지도 모른다. 지금은 아주 어두운 밤이다. 난 이 섬을 아주 잘 안다. 그래서 경찰이 밤에 나를 잡으러 온다 해도 그들이 두렵지 않다.

* * *

또다시 그녀는 나를 보지 못한 것처럼 행동했다. 이번에 나는 잠자코 있으면서 우리 둘 사이에 다시 침묵이 흐르게 하는 실수를 저질렀다.

여인이 바위에 왔을 때 나는 석양을 바라보고 있었다. 그녀는 잠시 가만히 서서는 담요를 펼칠 곳을 찾고 있었다. 그런 다음 나를 향해 걸어왔다. 만일 내가 팔을 뻗었다면 그녀를 잡을 수도 있었을 것이다. 이런 가능성은 마치 내가 귀신을 건드릴 수 있는 위험한 곳에 있는 것처럼 나를 공포로 몰아넣었다. 완전히 초연한 그녀의 표정에는 두려운 무언가가 스며 있었다. 하지만 내 옆에 앉으면서 그녀는 더 이상 내 존재를 모른 체하지 않겠다는 듯 내게 도전하고 있었다.

그녀는 가방에서 책 한 권을 꺼내고는 그곳에 앉아 읽었다. 나는 그 틈에 냉정을 되찾았다.

그리고 그녀가 책 읽기를 멈추고서 눈을 들자 나는 '나에게 말을 건네려고 준비하는 거야.'라고 생각했다. 그러나 그런 일은 일어나지 않았다. 피할 수 없는 침묵만이 갈수록 더해 갔다. 나는 그녀에게 말을 건네지 않는 것이 얼마나 중요한 의미를 지니는지 알게 되었다. 그러나 나는 고집을 부리지 않고 아무런 이유도 없이 그저 잠자코 있었다.

그녀의 친구들 중 그 누구도 나를 잡으러 오지 않았다. 아마도 나에 대해 말하지 않은 모양이었다. 아니면 내가 섬을 너무나 잘 알고 있다는 사실에 그들이 불안해서 그렇게 했을 수도 있다. (그래서 그들은 이 여자를 매일 이곳으로 보내서 그녀가 날 사랑한다는 인상을 풍겨 내가 방심하게 하려는 것이다.) 나는 의심이 많은 사람이다. 나는 가장 조용하고 교활하게 진행되는 그 어떤 음모도 알아낼 만반의 준비가 되어 있다.

나는 내가 마음속으로 가장 부정적인 결과만 예측하는 경향이 있다는 사실을 깨달았다. 이런 경향은 최근 삼사 년 사이에 생긴 것이다. 그것은 우연이 아니지만 지겹기 짝이 없다. 여자가 매일 이곳으로 오고, 그녀가 내 곁에 있고자 한다는 사실은 모두 변화를 의미하는 것 같았다. 하지만 그 변화는 너무나 좋은 것이어서 실현될 수 없는 것처럼 보인다. 어쩌면 난 내 수염과 나이를 잊고 있는지도 모른다. 또한 아직도 유효한 저주처럼 나를 오랫동안 쫓아다녔고 지금도 집요하게 뒤쫓고 있는 경찰의 존재도 잊어버렸는지 모른다. 그러나 나는 너무 낙관적인 태도를 가져서는 안 된다. 이 글을 쓰면서 나는 희망적인 생각을 떠올린다. 나는 내가 이 여인을 모독했다고 생각지 않지만, 아마도 사과하기에 적당한 시간이라고 생각한다. 이런 경우에 보통 남자는 어떻게 할까? 물론 꽃을 보낸다. 그러나 이것은 황당한 생각이다……. 하지만 겸손과 겸양의 뜻으로 선물을 준다면 아무리 하찮은 선물이라도 마음을 사로잡을 정도로 감동적인 법이다. 이 섬에는 꽃이 많다. 이곳에 도착했을 때 나는 수영장과 박물관 주변에 많은 꽃이 피어 있는 것을 보았다. 바위를 에워싼 풀밭에 그녀를 위한 작은 정원을 만들 수 있을 것이다. 여자의 마음을 얻는 데 자연은 많은 도움이 될 것이다. 이런 노력을 기울인다면 아마도 새침데기인 그녀가 침묵에 종지부를 찍는 결과가 나올지도 모른다. 이것은 내가 마지막으로 기댈 수 있는 감동적인 계획이다. 나는 한 번도 색깔과 관련된 일을 한 적이 없다. 심지어 그림이나 예술에 대해 아는 바도 거의 없다……. 하지만 그녀를 기쁘게 해 줄 수만 있다면 정원 일처럼 어렵지 않은 일은 할 수 있을 것이라고 확신한다.

* * *

오늘 나는 새벽에 일어났다. 내 계획이 너무나 훌륭해서 틀림없이 성공적일 것이라는 느낌이 들었다.

나는 꽃을 모으러 나갔다. 꽃들은 계곡 아래에 특히 많았다. 추해 보이지 않는 꽃들을 골라 꺾었다. 심지어 가장 창백한 색깔의 꽃에도 거의 동물적인 생기가 서려 있었다. 가져갈 만한 꽃을 모두 꺾은 뒤에 나는 그것들을 정리하기 시작했다. 안아서 가져갈 수 없을 만큼 너무 많았기 때문이다. 그때 나는 그 꽃들이 모두 죽었다는 사실을 깨달았다.

나는 계획을 포기하려고 했다. 하지만 언덕에, 그러니까 박물관에서 그리 멀지 않은 곳에 꽃이 많이 피어 있는 또다른 장소가 생각났다. 이른 시간이었기 때문에 그 꽃들을 보러 가도 전혀 위험하지 않을 것 같았다. 침입자들은 자고 있을 게 틀림없었다.

그 꽃들은 작고 까칠까칠했다. 나는 몇 송이를 꺾었다. 그 꽃들은 죽어 버리겠다는 어처구니없는 충동은 가지고 있지 않은 듯 보였다. 하지만 크기가 작고, 박물관 근처에 피어 있다는 단점이 있었다.

나는 10시 전에 일어날 용기 있는 그 누군가에게 발견될 위험을 무릅쓰고 거의 오전 내내 내 모습을 드러냈다. 하지만 재앙을 불러올 이런 최소한의 요건은 충족되지 않은 것 같다. 꽃을 꺾어 모으는 동안 난 박물관에서 눈을 떼지 않았다. 그곳에는 그 누구도 없는 것 같았다. 때문에 그들이 나를 발견하지 못했다는 생각을 했다.

꽃들은 아주 작다. 아주 작은 정원을 원하는 것이 아니라면 나는 수천 송이의 꽃을 심어야 할 것이다. 물론 조그만 정원을 만드는 편이 더 아름답고 더 쉽겠지만, 여자가 그것을 보지 못할 가능성이 있다.

난 부지런히 거름을 준비하고 땅을 파고 (땅은 단단하고, 내가 계획한 정원은 아주 넓었다.) 빗물을 주면서 많은 시간을 보냈다. 정원을 만들 땅이 준비되면 난 더 많은 꽃들을 찾아야만 할 것이다. 나는 내 모습이 들키지 않도록 가능한 한 최선을 다할 것이다. 특히 정원을 다 만들기 전에 그들이 내 정원을 보지 못하도록 온 힘을 다할 생각이다. 나는 식물을 옮겨 심는 데 필요한 우주의 법칙이 많다는 사실을 잊고 있었다. 하지만 위험을 감수하고 그토록 힘들게 일했는데, 그 꽃들이 석양이 질 때까지도 살지 못할 것이라는 사실을 믿을 수 없었다.

정원을 아름답게 만들 만큼의 미학적 재능은 내게 없다. 하지만 어쨌든 풀과 건초 더미 사이에서 이루어진 내 작업의 결과는 그녀에게 감동을 줄 것이라고 확신한다. 물론 이건 사기일지도 모른다. 오늘 저녁에는 정성껏 가꾸어진 정원처럼 보일지라도 내일이면 꽃들이 모두 죽고 말 것이다. 게다가 바람이 불기라도 한다면 꽃들은 하나도 남아 있지 않을 것이다.

내 정원의 디자인을 밝히려니 조금은 부끄럽고 당혹스럽다. 커다란 여자가 꼭 잡은 두 손을 무릎 위에 올려놓은 채로 태양을 보며 앉아 있다. 그리고 나뭇잎으로 만든 작은 남자가 그녀 앞에 무릎을 꿇고 있다. (이 인물 아래에다 괄호 안에 '나'라는 단어를 새겨 넣을 생각이다.) 그리고 그 아래로 이런 문구를 새겨 넣을 것이다.

고귀하고, 내 곁에 있지만 신비로운
장미의 살아 있는 침묵을 지닌 여인.

* * *

나는 피로하면 거의 병을 앓는다. 오늘 저녁 6시까지는
나무 아래에서 하늘을 지붕 삼아 잘 수도 있다. 하지만 이
제 그렇게 해서는 안 된다. 글을 쓰려는 충동을 느낀 이유
는 바로 신경이 날카롭기 때문이다. 내가 이렇게 신경이
날카롭다는 핑계를 댄 까닭은 지금 내가 하고 있는 행동이
미래의 세 가지 가능성 중 하나를 향해 나아가고 있기 때
문이다. 첫째는 여자와 함께 있는 것이고, 둘째는 고독한
삶(지난 몇 년간 살았던 죽음과도 같은 삶, 여자를 본 지금은
불가능한 삶)이며, 마지막으로 셋째는 끔찍한 처벌을 받는
것이다. 그런데 이 중에서 어떤 것이 내 앞날일까? 그건
시간만이 말해 줄 수 있을 것이다. 하지만 이 일기를 쓰다
보면 미리 답을 알게 될지도 모른다. 아마도 그것은 가장
좋은 앞날을 만드는 데 도움을 줄 것이다.

나는 기적을 일으키는 마법사가 된 기분이었다. 작품은
그것을 만드는 데 기울인 행동과의 관계에서 탄생한다. 아
마도 내 마법은 우선 각 부분에 온 정성을 기울이고, 각각
의 꽃을 옮겨 심는 어려운 작업에 정신을 집중하며, 먼저
심은 꽃과 그다음에 심은 꽃을 보기 좋게 정렬시켰던 결과
였던 것 같다. 작업을 시작했을 때 나는 완성된 작품이 어
떨지 예측하지 못했다. 꽃 더미들과 한 여자가 마구 뒤섞

여 무질서해 보일 것이라고 생각했을 뿐이었다.

그러나 이제 작업이 끝난 정원은 임시로 만든 것처럼 보이지 않는다. 정말 아름답고 만족스러울 정도로 깔끔하다. 그러나 내가 계획한 그대로 할 수는 없었다. 상상 속에서는 두 손을 무릎 위에 올려놓고 앉아 있는 여인을 만드는 것이 서 있는 여자를 만드는 것보다 힘들지 않다. 하지만 현실적으로 무릎 위에 두 손을 꼭 잡고 앉아 있는 여인을 꽃으로 만든다는 것은 거의 불가능하다. 여자는 정면을 향해 서서 얼굴은 옆모습만 보인 채 석양을 쳐다보고 있다. 머리에는 보랏빛 꽃으로 만든 스카프를 두르고 있다. 피부는 제 빛깔로 만들지 못했다. 나를 역겹게 하는 동시에 매혹하는 우울하고 어두운 빛깔의 꽃을 찾을 수 없었기 때문이다. 옷은 파란 꽃으로 만들었고, 리본은 흰 꽃으로 만들었다. 태양은 이곳의 특이하게 생긴 해바라기 몇 송이로 만들었다. 바다는 옷과 마찬가지로 파란 꽃으로 만들었다. 나는 무릎을 꿇은 채 옆모습만을 보여주고 있다. 나는 작고 (여자 크기의 3분의 1 정도이다), 초록색 나뭇잎으로 만들어졌다.

나는 새겨 넣을 문구를 수정했다. 처음에 생각한 문장은 꽃으로 만들기에 너무 길었기 때문이다. 나는 이렇게 바꾸었다.

이 섬에서 죽은 듯 살던 나를 당신이 깨웠다.

나는 불면증에 시달리는 나 자신을 죽은 것으로 표현한

것이 마음에 들었다. 이런 만족감 때문에 난 결례를 범하고 말았다. 그녀가 이 문장을 자기를 비난하는 것으로 잘못 해석할 수도 있었기 때문이다. 그러나 이미 스스로를 죽은 사람으로 표현하고 싶은 내 소망 때문에 난 아무 생각도 할 수 없었다. 여자와 함께 있을 수만 있다면 죽음이란 불가능하다는 것을 깨달으면서 나는 몹시 기뻐하고 있었던 것이다. 이런 천편일률적인 단조로움 속에서는 그 어떤 문장의 변형도 대부분 기괴해 보였다.

당신은 이 섬에서 죽은 사람을 잠에서 깨웠다.

또는

난 더 이상 죽은 몸이 아니다. 난 사랑에 빠졌다.

모두 마음에 들지 않았다. 그래서 다음과 같은 글을 꽃으로 만들어 넣었다.

나의 사랑에 대한 변변찮은 찬사.

* * *

모든 것은 예측 가능한 일반적인 과정 속에서, 하지만 뜻하지 않게 자비로운 모습으로 일어났다. 나는 어찌할 바를 모르고 있었다. 그것은 작은 정원을 만들면서 끔찍한 실수를 저질렀기 때문이다. 아이아스* 또는 이미 이름을 잊어버린 어느 그리스 장군은 가축들을 죽이면서 그 무엇과도 비교할 수 없는 엄청난 실수를 저질렀다. 그러나 이 경우 칼에 찔려 죽은 짐승은 바로 나였다.

여자는 평소보다 조금 일찍 왔다. 그녀는 책이 반쯤 삐죽 튀어나온 가방을 바위에 놓고 해변에 좀 더 가까운 다른 바위에 담요를 펼쳤다. 테니스복 차림이었고 보랏빛에 가까운 스카프를 머리에 두르고 있었다. 그녀는 비몽사몽인 얼굴로 그곳에 앉아 잠시 바다를 바라보았다. 그런 다음 바위에서 일어나 책을 가지러 갔다. 마치 우리 둘만 있을 때 그랬던 것처럼 아주 자연스럽게 움직였다. 이 바위 저 바위를 오가면서 내 정원을 지나쳤지만 마치 보지 못한 것처럼 행동했다. 난 그녀가 그것을 봐 주길 고대하지 않았다. 반대로 그녀가 모습을 나타내자 내 끔찍한 실수를 깨닫고 그 작품을 손보기에는 너무나 늦어 버렸다는 사실에 심한 고통을 느꼈다. 나는 조금씩 마음의 평정을 찾았다. 아니, 아마 정신을 잃고 있었는지도 모른다. 여자는 책을 펼치더니 책장 사이에 손가락을 놓았다. 그리고 계속해서 석양을 바라보았다. 그녀는 태양이 완전히 질 때까지

---

* 『일리아드』의 한 장면에서 영감을 받아 소포클레스가 쓴 희곡 『아이아스』의 주인공을 지칭한다. 그리스의 왕자들이 자기에게 아킬레우스의 갑옷과 무기를 주는 것을 거부하자 분노로 이성을 잃은 아이아스는 소 두 마리를 죽인다. 그는 그 소들을 죽이는 것이 그리스 왕자들을 죽이는 것이라고 믿었다. 이후 제정신으로 돌아와 부끄러움과 회한으로 고민하던 아이아스는 스스로 목숨을 끊는다.

그곳을 떠나지 않았다.

이제 나는 그녀의 불만과 비난을 되새기면서 위안을 삼는다. 그리고 그것이 정당화되는지 의문을 던져 본다. 이런 형편없는 정원을 만들어 놓고 더 이상 무엇을 바라겠는가? 아무런 반박도 하지 않고 스스로 그 작품을 비판한다면, 작품이 내게 해를 끼치지는 않을 것이라고 믿는다. 내가 내 한계를 인정했으니, 그녀도 날 용서해 줄 것이다. 모든 것을 꿰뚫어 볼 수 있는 예리한 사람의 눈으로 본다면, 나는 그런 정원에 겁을 먹을 사람이 아니다. 하지만 내가 그 정원을 만든 장본인이었던 것이다.

나는 그곳에서의 내 경험이 창조의 위험, 즉 상이한 의식들을 동시에 균형 있게 다루는 것이 얼마나 어려운지를 보여 준다고 말하려 했다. 그러나 그게 무슨 도움이 된단 말인가? 그런 것에서 어떤 위안을 얻을 수 있단 말인가? 이제 모두 끝났다. 여자와 함께 살겠다는 꿈도 나의 지난 과거도 이제는 사라져 버렸다. 몸을 숨길 곳조차 없는 나는 이런 단조로운 독백만을 계속하고 있지만, 이제는 그것이 정당하다는 핑계를 댈 수도 없다.

신경이 몹시 날카롭지만 나는 오늘 오염되지 않은 평온함, 그러니까 여자의 고상한 격조를 함께 나누면서 영감을 받았다. 그리고 밤에 옴브렐리에리와 함께 갔던, 눈먼 여자들이 모여 있는 콜카타의 창녀촌이 나오는 꿈을 꾸면서 다시 그런 행복감을 맛보았다. 꿈속에서 난 석양의 여자를 보았고 창녀촌은 이내 흰색의 화려한 피렌체 궁궐로 바뀌었다. 난 감탄을 금치 못한 채 행복감으로 자만심에 젖어 눈물을 흘리면서 "정말 낭만적이야!"라고 중얼거렸다.

그러나 나는 여자가 진정 원하는 것이 무엇인지 알 수 없다는 고민에 휩싸여 몇 번이나 잠에서 깼다. 나는 그녀가 끔찍한 정원 때문에 느낀 불쾌감을 억제하면서 친절하게도 그것을 보지 못한 척했다는 사실을 영원히 잊지 못할 것이다. 나는 태양이 떠오를 때까지 축음기가 큰 소리로 수없이 반복하는 「발렌시아」와 「두 사람을 위한 차」를 들으면서 괴로워했다.

* * *

희망으로 썼건 두려움으로 썼건 아니면 농담으로 썼건 진담으로 썼건 간에 내 운명에 관해 쓴 모든 내용이 나를 괴롭힌다.

지금 나는 불쾌한 감정을 느낀다. 나는 오래전부터 내 행동이 모두 잘못되었다는 것을 알고 있었지만, 아직도 바보처럼 똑같은 길을 고집하고 있다는 생각이 든다……. 꿈을 꾸거나 미친 상태에서 그런 행동을 했을지도 모른다. 오늘 오후에 낮잠을 자면서 마치 내 인생에 대한 상징적 또는 예언적 해설과 같은 이런 꿈을 꾸었다. 크로케 경기를 하는 중이었는데, 경기에서 내 역할은 한 사람을 죽이는 것이었다. 그런데 갑자기, 내가 그 사람이라는 것을 깨달았다.

이제 악몽은 계속된다……. 모든 걸 실패한 나는 이제 내 꿈을 이야기하기 시작한다. 나는 눈을 뜨고 싶지만, 일종의 저항에 부딪혀 가장 잔인한 악몽에서 빠져나오지 못한다.

오늘 여자는 내게 관심이 없다는 것을 보여 주려 했고 그녀는 그 목적을 이루었다. 그러나 그녀의 전략은 너무 비인간적이다. 난 희생자이다. 하지만 그 상황을 객관적으로 볼 수는 있다.

그녀는 무시무시한 테니스 선수와 함께 있었다. 그를 본 나는 그 어떤 질투심도 잠재워야 했다. 그는 아주 키가 컸다. 그리고 자줏빛의 테니스 재킷을 입고 있었는데 그것은 그가 입기에 너무 커 보였다. 또한 헐거운 하얀 바지를 입고 엄청나게 큰 노랗고 하얀 신발을 신고 있었다. 그의 수염은 가짜 같았다. 피부는 창백하고 여성스러웠으며 관자놀이 부분은 대리석 같았다. 눈은 검은색이고 이빨은 혐오스럽기 짝이 없었다. 그는 천천히 말한다. 조그맣고 둥근 입을 크게 벌려 붉은색의 조그맣고 동그란 혀를 내보이면서 아이들처럼 말한다. 그 혀는 항상 아랫니에 붙어 있다. 그의 손은 길고 창백하다. 나는 그 손들이 모두 조금은 촉촉할 것이라고 짐작한다.

그들을 보자 나는 즉시 몸을 숨겼다. 그녀가 나를 보았는지는 모른다. 난 보지 못했을 것이라고 생각한다. 왜냐하면 나를 찾기 위해 사방을 둘러보는 모습을 결코 보이지 않았기 때문이다.

나는 그 남자가 그 이후에도 작은 정원이 있다는 것을 눈치 채지 못했다고 확신한다. 그리고 그녀는 전과 마찬가지로 보지 못한 척했다.

난 몇 개의 프랑스어 감탄사를 들었다. 그리고 그들은 말하지 않았다. 갑자기 슬픔에 잠긴 듯 단지 바다만 바라보았다. 남자가 뭐라고 말을 했지만 잘 들리지 않았다. 파도가 바위를 때릴 때마다 나는 급히 그들을 향해 두세 걸음을 내딛었다. 그들은 프랑스인이었다. 여자는 고개를 흔들었다. 난 그녀가 무슨 말을 하는지 듣지 못했지만 틀림없이 그것은 부정적인 대답이었을 것이다. 그녀는 눈을 감고 미소를 지었다. 그 미소는 씁쓸해 보이기도 하면서 동시에 달콤해 보이기도 했다.

"믿어 줘, 포스틴."

수염을 기른 남자는 절망감을 감추지 못한 채 말했다. 그래서 마침내 난 그녀의 이름을 알게 되었다. (하지만 이제 그런 건 전혀 중요하지 않다.)

"싫어요……. 난 당신이 정말로 원하는 게 뭔지 알아요……."

그녀는 씁쓸함도 달콤함도 결여된 부질없는 미소를 지었다. 그 순간 내가 그녀를 증오했다는 사실을 나는 기억한다. 그녀는 수염 기른 남자와 나를 가지고 장난을 치고 있었던 것이다.

"우리가 서로를 이해하지 못하다니, 정말이지 유감이야. 이제 시간이 얼마 남지 않았어. 단지 사흘뿐이야. 그 시간만 지나면 모든 게 끝나."

난 그가 무슨 말을 하는 건지 이해하지 못했다. 내가 아는 것이라곤 그가 내 적임에 틀림없다는 사실이었다. 남자는 슬퍼 보였다. 그의 슬픔이 단순히 위장된 모습에 불과하다는 것을 알게 되더라도 나는 전혀 놀라지 않을 것이다. 포스틴의 행동은 더없이 이상했고 그래서 나는 미칠 것만 같았다.

남자는 여자가 자기 말을 너무 심각하게 받아들이지 않도록 애를 썼다. 그는 몇 마디를 더 했는데, 대략 이런 내용이었다.

"걱정할 필요 없어. 우리는 영원에 대해 논하지 않을 거야……."

그러자 포스틴이 바보같이 대답했다.

"모렐, 내가 당신에게서 알 수 없다고 생각한 게 뭔지 알아요?"

포스틴의 질문에도 불구하고 그는 계속해서 아무 걱정도 없다는 듯 명랑한 분위기를 띠었다.

수염을 기른 남자는 그녀의 스카프와 가방을 가지러 갔다. 그것들은 그리 멀지 않은 바위 위에 있었다. 그는 가방과 스카프를 흔들어 흙을 털고는 돌아와 말했다.

"내 말을 너무 심각하게 받아들이지 마……. 가끔씩 난 생각해. 내가 당신의 호기심을 일깨울 수 있다면 어떨까……. 하지만 화내지는 마."

그는 바위로 갔다 오는 길에 내 정원을 밟았다. 의식적으로 그랬는지 아니면 화가 치민 탓에 무의식적으로 그랬는지 알 수 없었다. 포스틴이 그걸 보았다. 난 그녀가 보았다고 맹세한다. 하지만 그녀는 나를 모독하는 행동을 말리려고 하지 않았다. 그녀는 계속 미소를 지은 채 큰 관심을 보이며 질문을 해 댔다. 호기심 때문에 거의 그에게 굴복한 것 같았다. 내가 보기에 그녀의 행동은 품위가 없었다. 의심할 나위 없이 내 작은 정원은 초라하고 형편없다. 하지만 왜 그녀는 그곳에 가만히 서서 그 빌어먹을 놈이 정원을 짓밟도록 놔두는 것일까? 이미 실컷 유린당하고 짓밟힌 나로는 충분하지 않단 말인가?

하지만 그런 사람들에게 무엇을 기대할 수 있겠는가? 그들은 점잖지 못한 엽서에서 발견할 수 있는 그런 부류의 사람들이다. 그들은 정말 잘 어울린다. 수염을 기른 창백한 남자와 커다란 눈을 가진 풍만한 집시 여인이라니. 나는 심지어 카라카스에서 열린, '노란 현관'이라는 음탕한 엽서 전시회에서 그들을 보았다는 생각까지 든다.

나는 아직도 스스로에게 이것이 모두 무엇을 의미하는지 물어본다. 분명히 그녀는 혐오스러운 여자이다. 하지만 그녀는 무엇을 찾고 있는 것일까? 아마도 수염 기른 남자와 나를 가지고 장난을 치고 있는 것 같다. 하지만 그 수염 기른 남자는 내 애간장을 태우는 데 필요한 도구에 불과할 수도 있다. 그녀는 그가 고통받는 것 따위에는 관심도 없다. 아마도 모렐은 그녀가 나를 전혀 원하지 않는다는 것을 강조하기 위해서 필요한 사람일 것이다. 그러니까 불가피한 클라이맥스와 이런 거부로 인한 비참한 결말을 경고하는 신호일 것이다.

그러나 그게 아니라면……. 그녀가 나를 본 후 이미 오랜 시간이 흘렀다. 이런 상황이 계속된다면 나는 그녀를 죽이거나 아니면 미쳐 버릴 것이다. 그러나 지금은 이 섬 남쪽의 몹시 건강에 해로운 지역, 즉 내가 지금 살고 있는 늪지대가 나를 투명 인간으로 만든 것은 아닌지 의심스럽다. 만일 그렇다면 그건 장점이 될 수 있다. 그러면 나는 아무런 위험 없이 포스틴을 유혹할 수 있을 테니까……

* * *

어제 나는 바위로 가지 않았다. 난 오늘도 가지 않겠다고 마음속으로 수없이 다짐했다. 그러나 오후에 나는 가야 한다는 것을 알았다. 포스틴은 그곳에 없었다. 그녀가 언제 올지는 알 수 없었다. 나는 그녀가 내 정원을 짓밟으면서 나와의 장난에 종지부를 찍었다고 상상했다. 그녀는 내가 나타나자 나를 가지고 재미있게 놀았지만 이제는 지겨워진 것이다. 그리고 누군가가 바로 내 전철을 되풀이할 것이다. 나는 책임지고 그런 일이 다시는 일어나지 않도록 할 생각이다.

하지만 바위에 앉아 그녀를 기다리려니 미칠 것만 같았다. '모든 게 다 내 잘못이야.' 나는 마음속으로 말했다. (그건 포스틴이 오지 않은 건.) '내가 오지 않겠다고 너무나 굳게 마음먹은 탓이라고.'

나는 그녀를 볼 수 있을까 하는 바람에 언덕으로 올라갔다. 덤불들 뒤쪽으로 가자 내 앞에 두 남자와 한 여자가 보였다. 나는 발걸음을 멈추고 숨을 죽였다. 우리 사이에는 폭 5미터의 텅 빈 공간과 석양 이외에는 아무것도 없었다. 남자들은 내게 등을 돌리고 있었지만 여자는 마주 보고 있었다. 그러니까 여자는 내 앞에서 나를 바라보고 있있던 것이다. 나는 그녀가 몸을 떠는 것을 보았다. 그러더니 갑자기 고개를 돌려 박물관을 쳐다보았다. 그때 나는 관목들 뒤로 몸을 숨겼다. 그녀는 밝은 목소리로 말했다.

"지금은 귀신 이야기를 할 시간이 아니에요. 자, 안으로 들어가요."

아직도 난 그들이 정말로 귀신 이야기를 하고 있었는지 아니면 무언가 이상한 사건(나의 출현)이 생겼다는 것을 알리기 위해 귀신이라는 말을 사용한 것인지 알지 못한다.

그들은 그곳을 떠났다. 그리 멀지 않은 곳에서 한 남자와 한 여자가 걸어오고 있었다. 나는 그들에게 들킬까 봐 두려웠다. 그 커플은 더욱 가까이 다가왔고 익히 들었던 목소리가 들려왔다.

"오늘은 보러 가지 않았어요……."

(내 심장이 마구 뛰기 시작했다. 그 말이 나와 관계된 말이라고 확신했던 것이다.)

"그래서 유감이야?"

난 포스틴이 뭐라고 대답했는지 모른다. 수염 기른 남자는 이미 그들의 관계를 발전시켰음에 틀림없었다. 이제는 아주 친근한 어투로 말하고 있었기 때문이다.

나는 늪지로 다시 내려왔다. 그리고 바다가 나를 삼켜 버릴 때까지 그곳에 있겠다고 결심했다. 만일 침입자들이 나를 잡으러 온다면 난 쉽게 굴복하지 않을 것이다. 또한 도망치지도 않을 것이다.

＊　＊　＊

　포스틴 앞에 나타나지 않겠다는 내 결심은 나흘간 지속되었다. 조수가 두 번이나 밀려와 할 일이 많았기 때문에 그나마 가능했다.

　닷새째 되는 날, 나는 일찍 바위로 갔다. 얼마 후 포스틴과 빌어먹을 테니스 선수가 왔다. 두 사람은 정확한 프랑스어를 구사하고 있었다. 남아메리카 사람들처럼 너무나 정확하게.

　"이제 더 이상 날 믿지 않아?"

　"그래요."

　"전에는 믿었잖아."

　두 사람 사이에는 냉랭한 기운이 감돌았다. 하지만 나는, 일단 친해진 사람들은 서로 몰랐을 때처럼 거리를 두고 말하더라도 이내 친근한 말투로 돌아온다는 것을 떠올렸다. 아마도 나는 그들의 대화를 듣고서 그런 생각을 했던 것 같다. 또한 나는 과거로의 회귀에 대한 생각도 떠올렸다. 하지만 그건 다른 주제와 관련된 것이었다.

　"뱅센*의 그날 오후 이전으로 데려갈 수 있다고 말하면 나를 믿어 주겠어?"

　"아니요. 믿을 수 없어요. 절대로 믿을 수 없어요."

　"앞날이 과거에 영향을 끼친다는 것은......."

　모렐은 거의 들리지 않는 목소리로, 하지만 열정적으로

---

* 파리 근교의 마을.

말했다.

　그런 다음 두 사람은 침묵을 지키며 바다를 바라보았다. 남자는 두 사람을 억누르고 있는 긴장감을 누그러뜨리려고 애를 쓰듯 말했다.

　"믿어 줘, 포스틴……."

　나는 그가 매우 집요한 놈이라고 생각했다. 그는 내가 일주일 전에 들었던 것과 똑같은 부탁을 되풀이하고 있었다.

　"싫어요. 이제 난 당신이 정말로 원하고 있는 게 뭔지 알아요."

　그들은 똑같은 대화를 반복한다. 그건 도저히 설명할 수 없는 현상이다. 여기서 독자는 자신이 내 상황이 얼마나 괴롭고 씁쓸한지를 알 수 있다고 상상해서는 안 된다. 또한 '도망자' 또는 '은둔자' 혹은 '염세주의자'와 같은 단어를 너무 쉽게 연상하면서 기뻐해서도 안 된다. 난 재판을 받기 전에 이 주제에 대해서 공부한 적이 있다. 대화는 소식(가령 날씨)을 교환하거나 참여자들이 이미 알고 있거나 공유하고 있는 분노나 기쁨(가령 지적인 기쁨)을 서로 나누는 것이다. 그러나 대화는 무엇보다도 말하는 기쁨, 즉 의견의 동의나 불일치를 표현하고자 하는 욕망에서 생긴다.

　나는 모렐과 포스틴을 지켜보면서 그들의 대화를 들었다. 그런데 무언가 이상한 일이 벌어지고 있다는 생각이 들었다. 그게 무엇인지는 몰랐다. 내가 아는 것이라고는 그 빌어먹을 모렐이 나를 몹시 화나게 했다는 것이다.

　"만일 내가 정말로 원하는 것을 당신에게 말했다면……."

　"내가 화를 냈을 것 같아요?"

"아니. 오히려 우리가 서로를 이해하는 데 도움이 되었을 거라고 생각해. 시간이 얼마 남지 않았어. 단지 사흘뿐이야. 우리가 서로를 이해하지 못하다니, 정말이지 유감이야."

나는 포스틴과 수염 기른 남자의 말과 행동이 일주일 전의 것과 정확하게 일치한다는 사실을 서서히 깨닫고 있었다. 그것은 잔인하기 그지없는 영원한 회귀였다. 그러나 한 가지 요소가 빠져 있었다. 그건 바로 내 작은 정원이었다. 내 정원은 모렐의 발자국에 훼손되었고 이제는 짓밟힌 꽃들의 흔적만이 바닥에 흩어진 채 지저분했다.

첫 번째 느낌은 내 기운을 북돋았다. 우리의 행동에는 생각지도 않게 계속되는 반복이 있다는 사실을 발견했다고 생각했기 때문이다. 이런 생각과 그들의 상황에 고무되어 나는 그들을 계속 지켜볼 수 있었다. 동일한 사람들이 나누는 몇 번의 대화를 아무도 모르게 지켜보는 증인이 된다는 것은 그리 흔한 일이 아니다. 그러나 연극에서와 마찬가지로 인생에서도 장면은 되풀이된다.

포스틴과 수염 기른 남자의 대화를 들으면서 나는 그들이 지난번에 나누었던 대화를 내 일기의 몇 페이지 전에 기록해 두었던 것을 기억했다. 그리고 그때의 대화와 지금의 대화가 똑같다는 것을 확인했다. 몇 가지 다른 점들이 있긴 했지만, 그것은 기록할 때 내가 잘못 적은 탓이었다. 나는 두려웠다. 이런 발견은 내 기억이 느슨해진 결과이거나 실제 장면과 망각에 의해 단순화된 장면을 비교한 결과일지도 몰랐다.

그러자 불끈 분노가 솟구쳤고 그들이 나를 비웃기 위해

단순히 익살극을 하고 있는 것인지도 모른다는 의구심이 들었다.

하지만 여기서 한 가지 설명해야 할 것이 있다. 나는 포스틴으로 하여금 단지 우리 둘만이 문제가 된다는 사실(이 계획에는 모렐이 빠져 있다.)을 깨닫도록 하는 것이 중요하다는 사실을 한 번도 의심하지 않았다. 나는 어떤 식으로든 그를 징벌하여 웃음거리로 만들어 버리고 싶다는 욕망을 느끼기 시작했다. 이런 생각을 하며 즐겼지만, 그걸 실행에 옮기지는 못하고 있었다.

그런데 이제 그런 기회가 온 것이었다. 그 기회를 어떻게 이용할까? 하지만 너무나 분노를 느끼고 있던 나머지, 그걸 생각하기란 쉽지 않았다.

나는 움직이지 않은 채, 마치 깊은 생각에 잠긴 것처럼, 그와 마주칠 순간이 오기만을 기다리고 있었다. 수염 기른 남자는 포스틴의 가방과 스카프를 가지러 갔다. 그는 지난번과 마찬가지로 가방과 스카프를 흔들어 흙을 털면서 돌아와 말했다.

"내 말을 너무 심각하게 받아들이지 마. 가끔씩 난 생각해……"

그는 포스틴에게서 몇 미터 떨어지지 않은 곳에 있었다. 난 내가 구체적으로 무엇을 하려는지 확신이 없었지만, 뭐든 하겠다고 굳게 결심을 하고 나갔다. 무의식은 미숙함의 어머니다. 난 모렐을 가리켰다. 마치 내가 그를 포스틴에게 소개하려는 듯한 자세였다. 그리고 소리쳤다.

"수염 난 아첨쟁이야, 이쪽은 포스틴이야!"

그러나 그건 최악의 장난이었다. 심지어 내가 그녀에게 말하고 있는지, 아니면 그에게 말하고 있는지도 분명치 않았다.

수염 기른 남자는 계속해서 포스틴을 향해 걸어오고 있었지만, 나와 부딪치지는 않았다. 제때에 내가 그에게 길을 비켜 주었기 때문이다. 여자는 쉬지 않고 질문을 던지고 있었다. 또한 기쁨의 표정도 전혀 바꾸지 않고 있었다. 그녀의 태연함과 침착성을 생각하면, 아직도 난 공포와 두려움에 사로잡힌다.

그 순간부터 오늘 저녁까지 난 너무나 창피하여, 포스틴 앞에 무릎을 꿇고 싶었다. 해가 질 때까지 기다릴 수가 없었다. 난 자수라도 하겠다는 결심을 하고 언덕으로 향했다. 그리고 모든 것이 잘된다면, 아마도 낭만적인 연속극의 장면처럼 이내 포스틴에게 효과가 있을 것이라는 예감을 하고 있었다. 그러나 내가 틀렸다. 거기서 일어난 일은 도저히 설명이 불가능하다. 언덕에는 아무도 없었던 것이다!

* * *

언덕에 아무도 없는 것을 보고 나는, 그들이 숨어서 내가 오기만을 기다리며 일종의 함정을 파 놓은 것은 아닐까 두려웠다. 하지만 두려움을 뒤로하고 극도로 조심하면서 박물관을 살펴보았다. 가구와 벽만 살펴보았지만 그것들은 고립된 분위기에 휩싸여 있었고, 나는 그곳에 아무도 없다는 것을 확인했다. 그뿐만 아니라 그곳에는 누군가 다녀간

흔적조차 없다는 것까지 확인했다. 정말로 믿을 수 없는 일이었다. 거의 20일이나 비웠는데, 이렇게나 많은 방이 있는 박물관의 모든 물건이 내가 떠날 때의 상태와 정확히 똑같다고 말할 수 있을 정도였다. 그러나 열다섯 명이나 되는 사람들(그리고 또 다른 열다섯 명의 하인들)이 의자나 전등을 하나도 건드리지 않았거나 건드렸더라도 그것들을 전에 있던 그곳에 모두 그대로 놓았다고 할 수밖에 없었다. 나는 부엌과 세탁실을 살펴보았다. 내가 20일 전에 놔두었던 음식과 20일 전에 말리려고 걸어 놓았던 옷들, 그러니까 박물관 옷장에서 훔친 옷들도 그곳에 있었다. 음식은 썩었지만 옷들은 말라 있었다. 모두 내가 놔두었던 그대로였다.

나는 텅 빈 박물관 안에서 소리쳤다.

"포스틴! 포스틴!"

아무 대답도 없었다.

여기에는 두 가지 사건, 즉 하나의 기억과 하나의 사실이 있다. 이 두 가지를 동시에 생각해 보니, 하나의 설명이 가능해진다. 최근에 나는 새롭게 찾은 풀뿌리들을 실험하는 데 전념하고 있었다. 멕시코 원주민들은 특정한 풀뿌리에서 즙을 내어서, 그것으로 사람들을 오랫동안 흥분 상태에 빠지게 만드는 음료를 만드는 법을 알고 있다고 한다. 적어도 나는 그렇게 기억(혹은 망각)한다. 그러니 포스틴과 그녀의 친구들이 이 섬에 있다는 사실을 설명할 수 있는 결론은 논리적으로 인정할 만한 것이다. 그런데 그것이 이 경우에 해당한다고 심각하게 믿고 받아들이기 위해서는 나 역시 이 놀이에 참여해야만 한다. 나는 이 놀이에 참가하고 있는 것 같다. 포스틴을 잃어버리자 가설적 관찰자, 즉 제3의 인물에게 이런 문제들을 제시하는 방법을 취하고 있으니 말이다.

하지만 그때 의심이 많은 나는 내가 도망자이며 사법 당국은 아직도 지옥과 같은 힘을 발휘하고 있다는 사실을 떠올렸다. 어쩌면 이 모든 것이 터무니없는 함정일지도 모른다. 만약 그렇다면 나는 굴복해서는 안 되며 그것과 맞서 싸울 수 있도록 힘을 길러야 한다. 그러지 않으면 끔찍한 재앙이 나를 덮칠 수도 있다.

나는 예배당과 지하실을 주의 깊게 살펴보았다. 그리고 잠자리에 들기 전에 섬을 모조리 살펴보기로 마음먹었다. 나는 바위와 언덕의 풀밭 그리고 해변을 돌아다녔고, 지난친 신중함 덕분에 늦까지 살폈다. 그러고는 침입자들이 이 섬에 없다는 사실을 받아들여야만 했다.

밤이 거의 다 되어서야 나는 박물관으로 되돌아왔다. 몹시 불안했다. 박물관을 전깃불로 환히 밝히고 싶었다. 그래서 여러 스위치를 켜 보았다. 하지만 불은 들어오지 않았다. 이 사실은 늪에서 보았던 수차나 바퀴에서 조수를 이용하여 동력 기관에 에너지를 제공한다는 것을 확인시켜 주는 듯했다. 침입자들이 전기를 모두 썼음에 틀림없다. 지난 두 번의 조수 이후 오랫동안 바닷물이 밀려오지 않았다. 내가 박물관에 들어온 바로 오늘 오후에 그런 고요함은 끝이 났다. 나는 모든 문과 창문을 닫아야만 했다. 바람과 바다가 이 섬을 부숴 버릴 것 같았기 때문이다.

어두운 지하 1층의 커다란 동력 기관 사이에서 나는 내가 완벽한 우울과 좌절감에 빠졌음을 느꼈다. 이제는 자살에 필요한 힘조차 필요 없었다. 포스틴은 사라졌고, 따라서 날짜를 잘못 기록하면 죽을지도 모른다는 생각조차 머릿속에서 사라졌기 때문이다.

* * *

나는 지하실에 내려온 합당한 이유를 찾아야 한다는, 나 자신과의 막연한 약속 때문에 발전기를 작동시키려 애를 썼다. 몇 번에 걸쳐 희미한 폭발음이 났지만, 곧 지하실 안은 적막에 잠겼다. 반면에 밖에서는 폭풍우가 사납게 몰아치고 있었고 소나무 가지들이 채광창의 두꺼운 유리를 때리고 있었다.

어떻게 그곳을 나왔는지는 기억이 나지 않는다. 그러나 위층으로 왔을 때 발전기 소리가 들렸다. 놀랄 만한 속력으로 불빛이 모든 것을 밝혔고 나는 두 남자 앞에 서 있었다. 한 남자는 하얀 옷을 또 한 남자는 초록색 옷을 입고 있었다. 주방장과 하인이었다. 누가 스페인어로 질문했는지는 기억하지 못하지만 그들은 스페인어로 말하고 있었다.

"왜 그가 아무도 살지 않는 곳을 택했는지 알고 있나요?"

"그가 알겠지요."(역시 스페인어로 대답했다.)

나는 조마조마해서 가슴을 죄며 들었다. 이들은 전에 본 사람들과는 다른 사람들이었다. 이 새로운 귀신들은 이베리아 반도 사람들이었다. (그들은 모든 것을 빼앗긴 채 고통받고 독이 든 풀뿌리와 뜨거운 태양에 고문당한 내 머릿속에서만 존재하는 것일까? 아니면 정말로 이 죽음의 섬에 존재하는 사람들일까?) 그들의 말을 듣고 나서 나는 포스틴이 아직 돌아오지 않았다고 결론을 내렸다.

그들은 차분하고 조용한 어조로 계속해서 이야기를 나누었다. 마치 내 발소리를 듣지 못한 것처럼 그리고 내가 그곳에 있다는 것을 눈치 채지 못한 것처럼 말하고 있었다.

"나도 그걸 부인하지는 않아요. 하지만 어떻게 모렐이 그런 생각을 했을까요?"

바로 그 순간 그들의 대화가 멈추었다. 어떤 남자의 성난 목소리가 들렸기 때문이다.

"언제까지 이러고 있을 겁니까? 식사는 이미 한 시간 전에 준비되었어요."

그는 그들을 뚫어지게 바라보았다. (너무나 의도적으로 뚫어지게 바라보았기 때문에 그가 날 보려는 충동을 억누르고 있는 것이라는 생각이 들었다.) 그러더니 소리를 지르며 사라졌다. 주방장이 그의 뒤를 따랐고 하인은 반대편으로 뛰어갔다.

나는 마음을 가라앉히려고 무진 애를 썼다. 하지만 내 몸은 떨고 있었다. 그때 종소리가 울렸다. 이런 상황에서라면 아무리 용감한 사람일지라도 두려움을 느낄 것이다. 나도 예외는 아니었다. 갈수록 더 두려웠다. 하지만 다행히 두려움은 그리 오래가지 않았다. 나는 종소리를 기억해냈다. 이미 식당에서 많이 보았던 종의 소리였다.

나는 도망치고 싶었지만 마음을 가라앉혔다. 도망치는

것은 정말이지 불가능했기 때문이다. 폭풍우와 보트와 밤…… 폭풍이 사그라지더라도 달도 뜨지 않은 그 밤에 바다로 들어가는 것은 마찬가지로 두려운 일이었다. 게다가 보트는 오래지 않아 뒤집히고 말 것임을 나는 너무도 잘 알고 있었다. 늪은 물에 잠겨 있을 게 분명했다. 도망치더라도 그리 멀리 갈 수는 없을 것이다. 차라리 그들의 대화를 듣고 있는 편이 나았다. 그들의 움직임을 주시하고 기다리는 편이 나았다.

나는 주위를 둘러보았다. 그리고 계단 아래에 있는 골방을 보고는 그 정도면 충분하다고 미소를 지으며 몸을 숨겼다. 나중에 안 사실이지만 이것은 아주 바보 같은 행동이었다. 만일 그들이 나를 잡으려 했다면 의심할 나위 없이 그곳부터 먼저 살펴보았을 것이기 때문이다. 난 잠시 아무 생각도 하지 않고 편안한 마음으로 그곳에 머물렀다. 하지만 여전히 혼란스러운 상태였다.

그건 두 가지 문제 때문이었다.

어떻게 그들이 이 섬에 왔을까? 이런 폭풍이 몰아치는데, 그 어떤 선장도 감히 해안에 접근하려 하지 않았을 것이다. 그들이 조그만 배로 옮겨 타고 이 섬에 왔다는 상상도 터무니없기는 마찬가지였다.

그들은 언제 온 것일까? 음식은 한참 전에 차려 놓은 듯했다. 내가 발전기를 보러 아래층으로 내려간 것은 불과 15분 전이었고, 그때는 섬에 아무도 없었다.

그들은 모렐이라는 이름을 말했다. 틀림없이 내가 아는 모렐과 동일한 인물이 돌아온다는 이야기인 듯했다. 나는

가슴을 죄며 포스틴을 다시 볼 수 있을지도 모른다는 생각
을 했다.

* * *

누군가 갑자기 나를 체포해서 이런 내 당혹감에 종지부
를 찍어 주길 바라면서 밖을 흘금 내다보았다.

아무도 없었다.

나는 계단을 올라가서 좁은 복도를 따라 걸었다. 네 개
의 발코니 중 한 곳에서, 그러니까 테라코타 우상이 있는
발코니에 서서 식당을 내려다보았다.

열두어 명의 사람이 식탁에 앉아 있었다. 그들은 뉴질랜
드나 오스트레일리아에서 온 관광객들처럼 보였고, 여기에
거처를 정하고 오랫동안 머물러 있을 것 같았다.

나는 생생하게 기억한다. 나는 그 일행들을 보았고 이
새로운 사람들과 이곳에 있던 다른 사람들을 비교했다. 그
러고는 그들이 일시적으로 체류할 사람들처럼 보이지 않는
다는 것을 깨닫고 나서야 비로소 포스틴이 생각났다. 나는
그녀를 찾아보았고, 그 즉시 그녀를 찾을 수 있었다. 정말
말로 표현할 수 없을 정도로 놀라움과 기쁨이 교차했다.
수염 기른 남자가 포스틴 옆에 없었기 때문이다. 그러나
거의 믿기지 않았기에 불안한 즐거움이기도 했다. 수염 기
른 남자는 없었다. (그러나 이것을 믿기도 전에 나는 포스틴
의 건너편에 앉아 있는 그를 발견했다.)

그들의 대화는 활기가 없었고 따분했다. 모렐은 불멸을

주제로 내놓았다. 그들은 여행이나 파티 또는 식이요법에 관한 이야기를 했다. 포스틴과 금발의 여자는 의약품에 관한 이야기를 늘어놓았다. 조심스럽게 머리를 빗어 넘긴 동양적 외모에 파란 눈을 지닌 젊은이 알렉은 자신의 모직 사업으로 흥미를 끌려 했다. 하지만 별로 관심을 모으지 못하자 고집 부리지 않고 이내 포기했다. 모렐은 이 섬에 테니스장이나 다른 구장(球場)을 만들 계획에 대해 열심히 이야기했다.

박물관에 있는 사람들 중에서 내가 알고 있는 사람은 이들만이 아니었다. 나는 내가 알고 있던 더 많은 사람을 보았다. 포스틴의 왼쪽에는 금발의 곱슬머리 여자가 앉아 있었다. 그녀 이름이 아마 도라였던 것 같다. 그녀는 종종 미소를 지었고 기백 넘치는 말처럼 생긴 긴 얼굴을 앞으로 다소곳이 숙이고 있었다. 포스틴의 오른쪽에는 까무잡잡하고 눈에 생기가 넘치며 머리카락이 텁수룩하고 강인한 인상을 풍기는 남자가 앉아 있었다. 그 남자 옆에는 키가 훤칠하고 가슴이 절벽인 긴 팔의 여자가 못마땅한 표정으로 앉아 있었다. 이 여자의 이름은 이레네였다. 그리고 그 여자 옆에는 내가 언덕에 올라갔던 그날 밤에 "지금은 귀신 이야기를 할 시간이 아니에요."라고 말하던 여자가 앉아 있었다. 다른 사람들은 기억이 나지 않았다.

어렸을 때 나는 책에 있는 그림을 보면서 물건 찾기 놀이를 하곤 했다. 그림을 오랫동안 보고 있으면 새로운 것들이 끊임없이 나타나곤 했다. 나는 좌절감을 느끼면서 선 채로 거기서 잠시 동안 여자와 호랑이 또는 고양이가 그려진 후지타의 캔버스를 응시했다.

　사람들이 회의실로 갔다. 나는 적들이 도처에 있으며 심지어 지하실에도 하인들이 있다는 것을 알고는 간담이 서늘해진 채 그 발코니를 떠났다. 칸막이로 가려진 하인용 계단으로 내려갔다. 내가 가장 먼저 본 것은 하얀 석고 항아리 근처에서 뜨개질을 하고 있는 여자였다. 이레네라는 여자는 다른 여자와 대화를 나누고 있었다. 나는 들킬지도 모른다는 위험을 감수하면서 다시 그들을 보았고, 다른 다섯 사람과 테이블에서 카드 놀이에 한참 몰두하고 있는 모렐을 발견했다. 등을 돌리고 있는 여자는 포스틴이었다. 테이블이 작았기 때문에 그들 다리가 모두 가까이 모여 있었다. 나는 들킬 위험도 잊은 채 모렐의 다리가 포스틴의 다리와 닿았는지 확인하려고 잠시 그곳에 서 있었다. 아니, 내가 느낀 것보다 훨씬 더 오래 있었는지도 모른다. 그때 이런 유감스러운 추적은 갑자기 끝을 맺었다. 얼굴이 빨갛고 눈이 아주 커다란 하인이 놀란 표정으로 나를 바라보고 있는 것을 발견하고는 공포에 사로잡혔기 때문이다. 그는 회의실로 들어갔다. 난 그의 발소리를 들었다. 그리고 급히 뛰어서 그곳을 빠져나와, 바닥이 수족관인 둥그런 방의 석고 기둥 첫 번째 줄과 두 번째 줄 사이에 몸을 숨겼다. 내 발밑에서는 물고기들이 헤엄치고 있었다. 그런데 그것들은 내가 이 섬에 와서 얼마 되지 않아 건져 낸 썩은 물고기들과 똑같았다.

* * *

마음의 평정을 되찾은 후에 나는 문 쪽으로 갔다. 포스틴과 그녀의 저녁 식사 동료인 도라 그리고 알렉이 계단을 올라오고 있었다. 포스틴은 조신하게 천천히 걸었다. 그녀를 바라보면서, 그녀의 풍만한 몸과 너무나도 길고 가는 다리 그리고 그 우스꽝스러운 관능 때문에 내가 모든 것을 걸고 위험천만한 행동을 하고 있다고 생각했다. 그러니까 내 마음의 평화와 우주, 기억, 나의 생생한 불안, 조수에 관한 지식 습득의 기쁨, 해가 되지 않는 풀뿌리에 관한 지식을 모두 희생하고 있었던 것이다.

나는 그들을 뒤따라갔다. 갑자기 그들은 방향을 바꾸어 방으로 들어갔다. 나는 열려 있는 문 하나를 발견했고 그 뒤에는 불을 환히 밝힌 텅 빈 방이 있었다. 나는 아주 조심스럽게 그곳으로 들어갔다. 그곳에 있던 누군가가 불 끄는 것을 잊어버린 게 틀림없었다. 침대와 화장대는 깔끔하게 정리되어 있었고 책과 옷은 없었다. 흐트러짐 하나 없는 그 모습은 그곳에 아무도 살지 않는다는 것을 말해 주었다.

박물관의 다른 거주자들이 자신들의 방으로 들어가자 나는 불안해졌다. 난 계단을 올라오는 그들의 발소리를 듣고는 불을 끄려 했다. 하지만 그것은 불가능했다. 스위치가 작동하지 않았던 것이다. 난 더 이상 불을 끄려 하지 않았다. 텅 빈 방에 불이 꺼진다면 사람들의 관심을 불러일으킬지도 모른다는 생각이 머리를 스쳤던 것이다.

만일 망가진 스위치가 아니었더라면 아마도 나는 즉시 잠들었을 것이다. 너무나 피곤했고 복도에 있는 다른 방문들 틈으로 불들이 차례로 꺼지는 것을 보았기 때문이다. (게다가 머리가 큰 도라가 포스틴 방에 있다는 사실을 알았기 때문에 안심이 되었다.) 나는 누군가가 복도를 지나가다 내가 있는 방에 들어와 불을 끌지도 모른다고 생각했다. (이미 박물관의 대부분은 어둠에 잠겨 있었다.) 누군가가 들어올 수도 있다는 것은 거의 피할 수 없는 일인 것 같았다. 그러나 난 위험에서 벗어날 수 있었다. 만일 스위치가 고장 난 것을 알게 되면 다른 사람들을 방해하지 않기 위해 그냥 갈 게 분명했기 때문이다. 난 잠시 동안만 숨어 있으면 되었다.

이 모든 것을 생각하고 있는데 도라의 머리가 문간에서 보였다. 그녀의 눈이 나의 눈과 마주쳤다. 그러자 그녀는 불을 끄려고도 않은 채 그곳을 나가 버렸다.

나는 두려워 몸을 벌벌 떨었다. 이제 내 위치가 위태로워진 것 같았다. 그래서 나는 이 방에서 나가려 했다. 방을 나가기 전에 먼저 머릿속으로 건물을 샅샅이 살피면서 내가 안전하게 숨을 곳을 찾았다. 그러나 포스틴의 방문을 감시할 수 있는 이 방을 떠나기란 좀처럼 쉽지 않았다. 나는 침대에 등을 기대 앉아 있다가 그만 잠들고 말았다. 얼마 후에 나는 꿈속에서 포스틴을 보았다. 그녀가 방으로 들어왔다. 나와 아주 가까운 곳에 있었다. 그때 나는 잠에서 깼다. 불이 꺼져 있었다. 움직이지 않으려고 애를 쓰면서 어둠 속에서 그녀를 보려 했지만 내 숨소리와 두려움은 억누를 수 없었다.

나는 침대에서 일어나 복도로 나갔다. 폭풍우가 지난 후에 찾아온 침묵이 흐르고 있었다. 아무것도 침묵을 깨지 않았다.

복도를 걸으면서 나는 어딘가에서 갑자기 방문이 열려 우악스러운 손이 나를 잡고 누군가의 목소리가 나를 비웃을지도 모른다는 생각을 했다. 최근에 내가 정신없이 살고 있는 이 이상한 세상과 내 추측 그리고 내 고통과 번민과 포스틴, 이 모든 것은 나를 감옥으로 데려가 죽이려는 보이지 않는 통로 같았다. 나는 조심스레 어둠을 뚫고 계단으로 내려갔다. 그리고 문 앞에서 그것을 열려고 했다. 그러나 열 수가 없었다. 심지어 빗장도 풀 수 없었다. (나는 걸쇠로 걸어 잠그는 이 잠금 장치에 대해 잘 알고 있다. 그러나 창문을 여는 법은 아직도 알지 못한다. 자물통도 없는데 창틀이 전혀 움직이지 않아 열 수가 없다.) 이곳에서 빠져나갈 수 없을 것 같다는 생각이 굳어졌다. 내 신경은 점점 더 날카로워졌고 아마도 이런 이유 때문에 그리고 어쩔 수 없이 어둠 속에 있어야만 한다는 까닭에, 심지어 건물 내부에 있는 문조차 안 열릴 것 같다는 생각이 들었다. 하인용 계단에서 발소리가 들리자 나는 서둘렀다. 어떻게 이 방에서 나가야 할지 알 수가 없었다. 그래서 벽을 따라 커다란 석고 항아리가 하나 있는 곳까지 아무 소리도 내지 않고 걸어갔다. 그리고 위험을 감수하면서 상당한 노력을 기울여 그 안으로 살며시 들어갔다.

나는 표면이 미끈미끈한 설화 석고 항아리와 손만 대도

깨질 것 같은 램프에 기댄 채 오랫동안 불안에 떨었다. 포스틴이 알렉과 단둘이 있었는지 아니면 도라와 함께 두 사람 중 하나가 함께 나왔는지 궁금했다.

오늘 아침 나는 누군가 대화를 나누는 소리에 잠이 깼다. (너무나 심신이 허약해졌고 너무나 깊이 잠든 탓에 그들이 하는 말을 제대로 듣지 못했다.) 그런데 더 이상 아무 소리도 들리지 않았다.

나는 박물관 밖으로 나가고 싶었다. 그래서 천천히 몸을 일으켰다. 미끄러져 커다란 램프를 깨지는 않을까, 누가 항아리에서 나오는 내 머리를 보지는 않을까 두려웠다. 그래서 아주 천천히, 조심조심 설화 석고 항아리에서 기어나왔다. 그리고 평정을 되찾을 때까지 잠시 커튼 뒤에 숨어 있었다. 너무나 기운이 없어서 커튼조차 움직일 수 없었다. 그것은 마치 무덤에 새겨진 돌 커튼처럼 단단하고 무거웠다. 나는 문명 세계의 산물인 장식된 케이크와 다른 음식들을 상상하면서 고통스러워했다. 의심할 나위 없이 그것들은 식료품 저장실에 있을 것이었다. 나는 크게 웃고 싶은 마음에 어쩔 줄 몰라 했다. 그리고 용감하게 현관을 향해 걸어갔다. 문은 열려 있었다. 아무도 없었다. 나는 식료품 저장실로 갔다. 그런 용기에 나 자신이 자랑스러웠다. 나는 밖으로 나가는 현관문을 열려 했다. 하지만 빗장은 꿈쩍도 하지 않았다. 누군가 하인용 계단으로 내려오고 있었다. 나는 식료품 저장실 입구로 달려갔다. 그러고는 열린 문 사이로 버들가지 의자와 꼬고 앉아 있는 몇 개의 다리를 보았다. 다시 나는 가장 큰 계단을 향해 몸을 돌렸다. 거기서도 발소리가 들렸다. 식당에 사람들이 있었던 것이다. 나는 회의실로 들어갔고 그곳에서 열린 창문 하나를 보았다. 그리고 거의 동시에 한쪽에서 이레네와, 귀신에 관해 말하던 여자를 보았고 다른 쪽에서 머리가 텁수룩한 청년을 보았다. 그는 책을 펼쳐 든 채 프랑스 시를 읊으면서 나를 향해 걸어오고 있었다. 나는 멈추었다. 그리고 긴장하여 뻣뻣해진 몸으로 그들 사이를 헤치고 나아갔다. 지나가면서 그들을 스칠 뻔했다. 그런 다음 창문으로 뛰어내렸다. 그 바람에 충격을 받아 아픈 다리를 끌고 (창문에서 아래 잔디밭까지는 거의 3미터 높이였다.) 계곡을 향해 달려 내려갔다. 뒤도 돌아보지 않은 채 수없이 비틀거리고 넘어지면서 달려갔다.

나는 약간의 먹을거리를 미친 듯이 먹어 치웠다. 그러나 이내 멈추었다. 식욕이 사라진 것이다.

이제 통증이 거의 사라졌다. 난 더 차분해졌다. 비록 말도 안 되는 소리지만 아마 그들은 박물관에서 나를 보지 못했을 것이라고 생각한다. 종일토록 아무도 나를 잡으러 오지 않았다. 그런 행운을 받아들인다는 것은 정말이지 두렵지 않은가!

여기에 나는 증거를 가지고 있다. 그것은 독자에게 침입자들이 두 번째로 모습을 나타낸 날짜가 언제인지 알려 줄 것이다. 다음 날 두 개의 달과 두 개의 태양이 나타났다. 아마도 이것은 지역적인 현상일 수도 있지만 달과 해, 바다와 공기가 만들어 낸 일종의 신기루일 수도 있다. 아마 틀림없이 라바울이나 이 지역 전체에서 볼 수 있는 현상일 것이다. 나는 다른 태양의 반영일지도 모르는 이 두 번째 태양이 훨씬 더 강렬했다고 생각한다. 어제와 그제 사이에 온도가 지옥처럼 상승했던 것 같다. 마치 새로운 태양이 참을 수 없이 뜨거운 여름을 봄날에 가져다준 듯했다. 밤은 아주 환했다. 북극에서 볼 수 있는 일종의 백야 현상이 었다. 그러나 두 개의 태양과 두 개의 달은 내 관심을 그리 끌지 못했다. 왜냐하면 이 현상은 모든 곳에서, 그러니까 하늘에서건 학술적인 자세한 보고서에서건 그렇게 보였음에 틀림없을 것이기 때문이다. 내가 시적인 가치나 호기심 때문에 이것들에 대해 언급하는 것은 아니다. 단지 신문을 구독하거나 생일을 축하하는 내 독자들에게 이 페이지에서 적고 있는 사건이 언제 일어났는지 그 날짜를 알려주고자 할 뿐이다.

내가 아는 한, 요 며칠은 두 개의 달이 뜬 후의 처음 며칠이다. 하지만 두 개의 태양은 그 이전에도 한 번 나타난 적이 있다. 키케로는 『신의 본질에 대하여』에서 이것들에 관해 이렇게 말한다.

"Tum sole quod ut e patre audivi Tuditano et Aquilio consulibus evenerat."

나는 내가 정확하게 인용했다고 생각한다.*

---

* 〔편집자 주〕 그는 실수를 범하고 있다. 그는 가장 중요한 단어인 'geminato'(geminatus에서 파생된 말로 '한 쌍이며 중복적이고 반복되며 되풀이됨'을 의미한다.)를 생략했다. 원래 문장은 다음과 같다. "…… tum sole geminato, quod, ut e patre audivi. Tuditano et Aquilio consulibus evenerat; quo quidem anno P. Africanus sol alter extinctus est."

미란다 학교에서 M. 로브레 선생님은 우리에게 2권의 처음 다섯 쪽과 3권의 마지막 세 쪽을 암기하도록 시켰다. 이것 이외에 내가 『신의 본질에 대하여』에 관해 아는 것은 없다.

침입자들은 나를 잡으러 오지 않았다. 나는 그들이 언덕을 오르내리는 것을 보았다. 아마도 내 영혼이 약간 불완전하기 때문에 (그리고 셀 수 없이 많은 모기 때문에) 나는 지난밤을 그리워한 것 같다. 그건 바로 포스틴을 찾겠다는 모든 희망이 사라졌기 때문인데, 붙잡힐지도 모른다는 고통과 번민은 문제가 아니었다. 고독의 확실한 주인이 된 지금 나는 다시 박물관에 거처를 정했던 그 순간이 그립다.

나는 그저께 밤 줄곧 불이 환히 켜진 방에서 생각하던 것을 떠올렸다. 그때 나는 침입자들의 본질과 내가 침입자들과 가졌던 관계에 대해 생각했다.

나는 여러 가지로 설명하려 애를 썼다.

나는 이 섬과 관련된 그 유명한 전염병에 걸렸을 수도 있다. 그것이 아마 그 사람들과 음악, 포스틴을 상상하도록 만들었을 수도 있다. 또한 몸이 너무도 참혹하게 망가졌으니, 그것은 앞서 말한 결과들로 인해 알지 못하는 죽음이 다가오고 있다는 신호일 수도 있다.

한편 저지대의 오염된 공기와 내 몸의 영양 결핍이 나를

스페인 학자 메넨데스 이 펠라요는 이를 다음과 같이 번역하고 있다.
"내가 우리 아버지에게 들은 바에 의하면 푸블리우스 아프리카누스의 태양이 사라졌던 기원전 183년에 투디타누스와 아킬리우스 영사관에서 두 개의 태양이 목격되었다."

보이지 않게 만들었을 수도 있다. 침입자들은 나를 보지 못했다. (그들에게는 초인간적인 규율이 있을 수도 있다. 내 생각이 옳다는 확신으로 그것이 나를 체포하려는 경찰의 음모라는 의심을 아무도 모르게 떨쳐 버렸다.) 그런데 이것은 내가 새, 도마뱀, 쥐, 모기 들에게는 보이는 존재라는 걸 설명할 수 없다.

그때 아무 근거도 없이 그들이 다른 별에서 온 존재일수도 있다는 생각이 머리를 스쳤다. 그들은 우리와 다를 것이다. 그들의 눈은 사물을 보는 데 사용하는 것이 아니고 귀는 듣는 데 사용하는 것이 아닐 수도 있다. 난 그들이 프랑스어를 정확히 구사한다는 사실을 떠올렸다. 그리고 앞서 말한 기괴함을 확대해서 그들의 언어는 아마도 우리 세계의 언어와 유사하지만 그들이 사용하는 단어는 그 의미가 다를 것이라고 생각했다.

나는 네 번째 가능성을 생각했다. 그것은 내 꿈 이야기를 하고 싶은 광적인 충동 때문이다. 어제 나는 이런 꿈을 꾸었다.

나는 정신병원에 있었다. 오랫동안 의사(아니면 재판관일까?)의 진찰을 받은 후 내 가족은 나를 그곳으로 데려왔다. 모렐이 병원장이었다. 가끔씩 나는 내가 섬에 있다고 생각했다. 그리고 가끔씩은 내가 정신병원에 있다고도 생각했다. 또 어떤 때는 내가 정신병원 원장이라는 생각도 했다.

나는 꿈이 반드시 현실의 모습을 취해야 하거나 현실이 정신 이상의 상태를 취해야 한다고는 믿지 않는다.

다섯 번째 가능성은 이것이다. 침입자들은 죽은 사람들

의 무리였을지도 모른다. 단테나 스웨덴보리처럼 나는 여행자이거나 아니면 특이한 변신의 순간에 놓인, 일종의 죽은 사람일지도 모른다. 그러면 이 섬은 연옥이거나 죽은 사람들의 천국일 가능성이 있다. (여러 종류의 천국이 있을 가능성은 이미 전에 이야기한 바 있다. 만일 단 하나의 천국만 존재한다면 그리고 모든 사람이 사후에 그곳으로 가서 매주 수요일에 행복한 결혼식과 문학 모임에 참석해야 한다는 것을 알게 된다면, 우리 중 많은 사람은 죽기를 그만둘 수도 있다.)

왜 소설가들이 슬픔에 젖어 울부짖는 유령들에 관해 썼는지 이제야 이해가 간다. 죽은 사람들은 산 사람들 사이에 머문다. 어쨌건 그들의 습관, 가령 담배를 끊거나 위대한 바람둥이 기질 같은 것을 버리기는 매우 힘든 일이다. 나는 내가 투명 인간이라는 생각을 하면서 몸서리를 쳤다. 또한 나와 아주 가까이 있는 포스틴이 다른 행성의 사람이라는 생각에 몸을 떨었다. (그녀의 이름은 나를 우수에 젖게 만든다.) 그러나 난 죽은 사람이다. 난 그 누구의 손도 미치지 못하는 곳에 있다. 나는 포스틴을 볼 것이고 그녀가 떠나는 것을 볼 것이지만 내 손짓이나 애원 그리고 내 노력은 그녀에게 아무런 효과도 없을 것이라 생각한다. 또한 이런 끔찍한 해결책은 좌절된 희망에 불과하다는 것도 알고 있다.

나는 이런 가능성들을 생각하고는 행복감에 사로잡혔다. 나는 이 침입자들이 나와는 상관없는 다른 행성 사람들이라는 것을 보여 주는 증거를 찾았다. 이 섬에는 죽은 사람

(나와 동물들)이 감지할 수 없는 재앙이 일어났고 그 뒤에 침입자들이 왔을 가능성이 있다.

아, 내가 죽은 몸이라면 얼마나 좋을까! 생각만 해도 즐거웠다. (나는 자랑스러웠고 마치 내가 소설 속의 주인공이 된 것 같았다.)

나는 내 인생을 되돌아보았다. 별로 기억할 만한 것이 없는 어린 시절에 나는 카라카스의 파라이소 거리에서 매일 오후를 보냈다. 내가 체포되기 전의 삶은 마치 누군가 그 세월을 이미 살았던 것 같은 느낌이었다. 그리고 경찰을 피해 오랫동안 도망자 생활을 했고 그러고는 이 섬에 들어와 몇 달을 보냈다. 두 번에 걸쳐 나는 거의 죽을 뻔했다. 한 번은 파스토라 가 맞은편 서쪽 11번 가의 악취 풍기고 장미색으로 도배된 하숙방에서였다. 그때는 경찰이 나를 체포하러 오기 전이었다. (만일 내가 그때 죽었다면 재판은 최종 재판관 앞에서 열렸을 것이다. 내 도피와 여행은 천국이나 지옥 또는 연옥으로 가는 여정이 되었을 것이다.) 또 한 번 죽을 뻔한 적은 조그만 배를 타고 이곳으로 올 때였다. 태양은 내 머리 위에서 내리쬐고 있었고, 비록 여기까지 무사히 노를 저어 오긴 했지만, 도착하기 오래전에 의식을 잃을 수도 있었다. 그때의 기억은 모두 희미하다. 내가 기억하는 것은 단지 지옥과 같은 불빛과 바닷물이 계속해서 흔들리던 소리 그리고 내 인내력을 훨씬 초월했던 고통뿐이다.

나는 오래전부터 이런 것에 대해 생각해 왔다. 그래서 이제는 상당히 피곤했고, 덜 논리적으로 생각을 계속하고 있다. 침입자들이 오기 전까지 나는 죽지 않았다. 혼자일 때 죽는 것은 있을 수 없는 일이다. 이제 다시 태어나기 위해 나는 목격자들을 없애야 한다. 그것은 그리 어렵지 않다. 왜냐하면 나는 존재하지 않으며, 따라서 그들은 자기들이 파멸할 것을 추호도 생각지 않을 것이기 때문이다.

그리고 다른 생각도 했다. 그것은 매우 은밀하게 그녀를 유혹하기 위한, 믿을 수 없을 만큼 엄청난 계획이다. 마치 꿈 같은 것으로 그것은 나만 알고 있을 생각이다.

극도로 불안한 순간에 나는 도저히 사리에 맞지 않는 허황된 상상을 했다. 그것은 인간과 섹스는 강도 높게 오랫동안 지속될 수 없다는 것이다.

* * *

나는 지옥에 있는 것이 분명하다. 두 개의 태양을 참기가 힘들다. 게다가 병에 걸린 것 같다. 무처럼 보이는, 섬유질 많은 둥근 뿌리 몇 개를 먹었는데, 그것 때문인 것 같다.

태양들은 머리 위에 있다. 태양 하나가 다른 태양 위에 있다. 그런데 갑자기 (나는 그때까지 바다를 바라보고 있었다고 기억한다.) 암초 사이로 아주 가까운 거리에 배 한 척이 나타났다. 마치 잠들었다가 (이 두 개의 태양 아래서는 파리들조차 졸면서 날아다닌다.) 몇 초 후나 몇 시간 후에 내가 잠자고 있었는지 아니면 깨어 있었는지조차 모른 채 잠에서 깬 것 같다. 그것은 커다란 하얀색 화물선이었다.

나는 화가 치밀어 생각했다. '경찰이야. 틀림없이 이 섬을 수색하러 온 거야.' 높게 솟은 노란 굴뚝에서 뱃고동이 세 번 울렸다. 침입자들은 언덕 중턱에 몰려 있었다. 여자들 몇몇은 스카프를 흔들며 인사했다.

바다는 고요했다. 화물선에서 작은 배가 내려왔다. 그러나 거의 한 시간이 지나서야 그 배의 모터가 작동했다. 그리고 장교처럼 옷을 차려입은 한 사람이 (아마 선장인 것 같았다.) 섬에 내렸다. 나머지 사람들은 다시 화물선으로 돌아갔다.

그 남자는 언덕으로 올라갔다. 나는 강렬한 호기심에 사로잡혔다. 그래서 몸도 아프고 먹었던 뿌리가 채 소화되지도 않은 상태였지만, 언덕 반대쪽으로 급히 올라갔다. 그가 정중하고 예의 바르게 인사하는 것이 보였다. 침입자들은 여행이 즐거웠느냐고 물으면서 라바울에서 "모든 것을 구했"는지를 물었다. 나는 들키는 것도 겁내지 않은 채 죽어 가는 불사조 석상 뒤에 서 있었다. 숨을 필요가 없다고 생각했던 것이다. 모렐은 그 남자를 벤치로 데려갔고 두 사람은 그곳에 앉아 대화를 나누었다.

그때 나는 그 배가 왜 왔는지 알게 되었다. 그것은 침입자들이나 모렐의 배임에 틀림없었다. 그들을 데려가기 위해 온 것이었다.

나는 생각했다. '세 가지 가능성이 있어. 그녀를 납치하든지 내가 배에 함께 타든지 그녀가 그들과 함께 떠나도록 놔두든지 하는 거야.'

하지만 내가 그녀를 납치한다면 조만간 그들이 우리를

찾으러 올 것이었다. 이 섬에 그녀를 숨길 만한 장소가 있을까? 나는 내가 일그러진 표정으로 생각에 잠기려 했던 것을 기억한다.

또한 밤이 되어 모든 사람이 잠자리에 들면 그녀를 방에서 데리고 나와, 라바울에서 타고 왔던 조그만 배를 둘이서 타고 노를 저어 이 섬을 떠나도 좋을 것이라는 생각이 들었다. 하지만 어디로 간단 말인가? 이 섬으로 왔을 때처럼 또다시 기적이 일어날까? 우리가 어디로 가고 있는지 어떻게 알 수 있을까? 포스틴과 함께 운명에 몸을 맡겨야만 할 텐데, 과연 바다 한가운데서 틀림없이 만나게 될 가공할 위험을 감수할 만큼 가치가 있을까? 아니, 아마 그런 어려움을 맞는 시간은 대수롭지 않을지도 모른다. 해안에서 얼마 가지 않아 빠져 버릴지도 모르기 때문이다.

만일 내가 배에 올라탄다면 틀림없이 들키고 말 것이다. 아마도 그들에게 말할 기회가 있을 것이고, 그러면 포스틴이나 모렐을 불러 달라고 해서 내 상황을 설명할 수도 있을 것이다. 만일 그들이 내 이야기를 듣고도 시큰둥하게 반응한다면, 감옥이 있는 항구에 도착하기 전에 자살을 하거나 아니면 그들이 날 죽이게 할 시간이 있을 것이다.

'결정을 해야 해.' 나는 생각했다.

얼굴이 상기되고 까만 수염을 엉망으로 깎은, 큰 키에 건장하고 여자처럼 행동하던 남자가 모렐에게 다가와서 말했다.

"너무 늦었습니다. 어서 준비해야 합니다."

그러자 모렐이 대답했다.

"잠깐만 기다려 주게."

선장은 자리에서 일어났다. 엉거주춤 일어난 모렐은 아주 다급하게 계속 그에게 말을 했다. 그러더니 선장의 어깨를 몇 번 탁탁 쳤고, 선장이 다른 사람들에게 인사를 하는 동안 뚱뚱한 남자를 향해 가서 이렇게 물었다.

"이제 그만 갈까요?"

젊은 남자는 고개를 끄덕였다.

세 사람은 박물관으로 달려가면서, 근처에 모여 있던 여자들에게는 관심도 두지 않았다. 선장은 정중하게 웃으면서 그들에게 다가갔고 천천히 세 남자를 따라 박물관으로 향했다.

난 어떻게 해야 할지 몰랐다. 비록 우스꽝스럽기 그지없는 장면이었지만 내가 보기에는 비상 사태였다. 그들은 무엇을 준비하려는 걸까? 나는 침착했다. 만일 그들이 포스틴과 함께 떠나는 것을 보았다면 난 그들의 가공할 계획에 충격을 받지 않은 채 구경꾼처럼 약간 초조한 마음으로 지켜보기만 했을지도 모른다.

다행히 아직 그 시간은 오지 않았다. 나는 모렐의 수염과 홀쭉한 다리를 멀리서 볼 수 있었다. 포스틴과 언젠가 귀신 이야기를 했던 도라, 알렉 그리고 얼마 전에 그곳에 있던 세 남자는 수영복 차림으로 수영장을 향해 내려가고 있었다. 나는 더 잘 보기 위해 이리저리 뛰어다녔다. 여자들은 웃으면서 서둘러 걸었다. 남자들은 마치 추위를 떨쳐내려는 듯 펄쩍펄쩍 뛰었다. 태양이 두 개나 머리 위에 떠있는 상태에서는 도저히 이해가 되지 않는 행동이었다. 나는 그들이 수영장을 보면 얼마나 실망할지 머릿속으로 상상했다. 내가 수영장 물을 교체하길 그만둔 후부터 수영장은 (적어도 정상인이라면) 도저히 들어갈 수 없을 정도로 변해 있었다. 초록색을 띤 뿌연 물에는 거품이 일었고 커다란 수초들이 엄청나게 자라 있었으며 죽은 새가 득실거렸다. 또한 살아 있는 뱀과 개구리 들도 있을 게 분명했다.

수영복 차림의 포스틴은 말할 수 없이 아름다웠다. 그녀는 사람들이 수영장 갈 때의 모습처럼 약간 바보처럼 좋아서 어쩔 줄 몰라 했다. 가장 먼저 그녀가 물속으로 뛰어들었다. 나는 그들이 웃고 물을 튀기고 즐겁게 첨벙첨벙 잠수하는 것을 보았다.

도라와 늙은 여자가 먼저 물에서 나왔다. 늙은 여자는 팔을 마구 흔들면서 수를 세었다.

"하나, 둘, 셋."

그들은 시합을 하고 있는 게 틀림없었다. 남자들은 녹초가 된 얼굴로 물에서 나왔다. 포스틴은 잠시 더 물속에 있었다.

그동안 몇몇 승무원은 배에서 내려 이 섬 여기저기를 돌아다녔다. 나는 야자나무 뒤에 몸을 숨겼다.

* * *

나는 어제 오후와 오늘 아침 사이에 목격한 사건들을 있는 그대로 이야기할 것이다. 정말로 이 사건들은 현실에서 일어났다고 하기에는 도저히 믿을 수 없는 것들이다. 진짜 상황은 전에 썼던 상황이 아닌 듯 보인다. 내가 살고 있는 상황은 내가 생각하는 것이 아니기 때문이다.

헤엄치던 사람들이 수영복을 갈아입으러 갔다. 나는 밤낮으로 그들을 지켜보기로 마음먹었다. 그러나 이내 소용없는 짓이라는 생각이 들었다.

한번은 걷고 있는데 갑자기 검은 머리카락에 눈썹이 진한 청년이 나타났다. 그리고 잠시 후 나는 불현듯 모렐과 마주쳤다. 그는 창가에 숨어 누군가를 몰래 살펴보고 있다가 정원의 돌계단으로 내려왔다. 그리 멀지 않은 곳에 있었기 때문에 그의 말을 들을 수 있었다.

"다른 사람들이 있어서 말하고 싶지 않았습니다. 당신을 비롯해 몇몇 사람에게 말할 것이 있습니다."

"그럼 이제 말해 보십시오."

"여기서는 안 됩니다."

모렐이 나무들을 의심스러운 눈초리로 보면서 말했다.

"오늘 밤에 말씀 드리지요. 사람들이 모두 잠자리에 들면 잠시만 더 있어 주십시오."

"졸려서 죽을 지경인데도 말입니까?"

"그게 좋습니다. 시간이 늦을수록 더 좋습니다. 하지만 신중하게 행동하십시오. 난 여자들이 알게 되길 바라지 않습니다. 여자들이 히스테리를 부리면 나도 화가 나거든요. 그럼 나중에 봅시다."

그는 급히 달려갔다. 그리고 집으로 들어가기 전에 뒤를 살펴보았다. 청년은 위층으로 올라가고 있었다. 그런데 모렐이 신호를 보내자 그가 걸음을 멈추었다. 손을 주머니에 넣은 채 그는 시끄럽게 휘파람을 불면서 모렐과 잠시 산책을 했다.

내가 본 장면을 생각하려 했지만 그러고 싶지 않다. 의욕이 없다.

그리고 15분 정도가 지났다. (아직 일기에 언급하지 않은) 뚱뚱한 몸에 수염을 기르고 머리가 희끗희끗한 남자가 계단에 모습을 드러냈다. 그러고는 발길을 멈추고 수평선을 바라보았다. 그런 다음 계단으로 내려와 박물관 앞에서 멈추었다. 그는 몹시 당황한 표정을 짓고 있었다.

다시 모렐이 돌아왔고 그들은 잠시 대화를 나누었다. 나는 그들의 대화 내용을 들을 수 있었다.

"당신의 모든 말과 행동이 기록되고 있다는 사실을 말한다면……."

"난 전혀 상관없습니다."

나는 혹시 그들이 내 일기를 발견한 건 아닌지 궁금했다. 계속해서 경계를 게을리 하지 말아야겠다고 다짐했다. 급습을 당하지 않기 위해서가 아니라 피로로 주의가 산만해지지 않도록 하기 위함이었다.

다시 혼자가 된 뚱보는 몹시 당황스러워하는 것 같았다. 모렐이 파란 눈의 소유자이자 동양적 외모를 지닌 알렉과 함께 모습을 드러냈다. 세 사람은 함께 거닐기 시작했다.

그때 남자와 하인 들이 버들가지 의자들을 들고 나오는 것이 보였다. 그들은 의자를 크고 병든 빵나무* 그늘 아래 놓았다. (나는 그것과 똑같지만 좀 작은 나무를 로스테케스의

---

* 폴리네시아에서 자라는 나무.

오래된 농장에서 보았다.) 여자들은 의자에 앉았고 여자들 주위에 있던 남자들은 잔디밭에 털썩 주저앉았다. 나는 고국에서 보낸 오후가 생각났다.

포스틴은 바위를 향해 걸어갔다. 난 이미 이 여자를 사랑하는 것은 성가시고 부질없는 짓이라고 생각하고 있다. (우리가 한 번도 대화를 나눈 적이 없다는 생각을 하면 그런 생각이 우습기까지 하다.) 그녀는 테니스복 차림에 보랏빛이 나는 예의 그 스카프를 머리에 두르고 있었다. 포스틴이 떠난다면 아마도 나는 이 스카프가 생각날 것이다.

난 그녀의 가방이나 담요를 들어다 주겠다고 말하고 싶었다. 그녀를 멀찍이서 쫓았다. 그리고 포스틴이 바위에 가방을 놓고 담요를 펼친 뒤에 차분하게 바다 또는 석양을 바라보는 것을 보았다.

포스틴과 이야기를 나눌 수 있는 마지막 기회가 흘러가고 있었다. 무릎을 꿇어 나의 사랑을 고백하고 나의 삶을 들려줄 수 있는 마지막 기회였다. 그러나 나는 그렇게 하지 않았다. 그게 멋진 방법이라고 생각지 않았던 것이다. 물론 여자들이란 그 어떤 종류의 찬사나 칭찬도 기꺼이 받아들인다. 하지만 이 경우에는 상황이 자연스럽게 전개되도록 놔두는 편이 나았다. 생판 모르는 사람이 자기의 인생 이야기를 들려주고 갑자기 자기가 사형을 선고받은 죄수라고 말하면서 우리가 그의 삶의 이유라는 말을 한다면, 우리는 그를 매우 의심하게 될 것이다. '아메리카의 해방자 볼리바르 1783~1830'라는 글귀가 새겨진 만년필을 팔거나 아니면 모형 배가 떠 있는 술병을 팔려고 사기를 치는 것이 아닐까 두려워할 것이다.

또 다른 방법은 바보 같은 정신 이상자처럼 심각하게 바다를 바라보면서 그녀에게 말을 건네는 것이다. 그러면서 두 개의 태양과 석양을 좋아하는 우리 두 사람의 취향에 대해서 말할 수 있다. 또한 그녀가 내게 질문하기를 잠시 기다리면서, 적어도 나는 늘 무인도에서 살고 싶어 했던 작가라고 밝히고, 그래서 그녀의 친구들이 섬에 왔을 때 분노가 치밀었다는 말도 할 수 있다. 또한 그런 이유로 나는 거의 항상 물이 차 오르는 섬의 한쪽 편에 있어야만 했다고 설명하면서 (이것은 저지대와 그곳의 재앙에 관해 기분 좋은 논의를 할 수 있도록 이끌 것이다.) 그런데 지금은 그녀가 이곳을 떠날지 모른다는 사실이 두렵고 그러면 매일 오후 이곳으로 와도 그녀를 바라볼 수 있는 기쁨을 느끼지 못할 것이라고 고백할 수 있다.

그녀가 자리에서 일어났다. 마치 내가 생각하는 것을 포스틴이 들었고 그래서 기분이 나빠진 것처럼, 나는 몹시 초조해졌다. 그녀는 책을 가지러 갔다. 책은 5미터가량 떨어진 또 다른 바위 위에 놓인 가방에서 삐죽이 고개를 내밀고 있었다. 그리고 그녀는 다시 앉아 책을 펼치고는 한쪽에 손을 놓고 마치 선잠을 자는 것처럼 멍하니 석양을 바라보았다.

두 개의 태양 중에서 빛이 약한 태양이 지자 포스틴은 다시 자리에서 일어났다. 나는 그녀를 따라갔다. 나는 달려가서 그녀의 발밑에 무릎을 꿇고 소리치듯이 말했다.

"포스틴, 당신을 사랑합니다!"

나는 이렇게 했다. 왜냐하면 이렇게 충동적으로 행동하면 그녀도 내 진실한 마음을 의심하지 않을 것이라고 생각했기 때문이다. 그런 행동이 어떤 효과를 자아냈는지는 알 수 없다. 몇 사람의 발소리가 들렸고, 어두워지자 내가 달아나 버렸기 때문이다. 나는 야자나무 뒤에 숨었다. 가슴이 마구 뛰는 바람에 거의 아무 소리도 듣지 못했다.

모렐이 포스틴에게 할 말이 있다고 했다. 그러자 그녀는 대답했다.

"좋아요, 박물관으로 가요." (나는 이 말을 아주 분명하게 들었다.)

두 사람 사이에 작은 말다툼이 벌어졌다. 모렐은 이렇게 반박했다.

"이 기회를 최대한 이용하고 싶어. 친구들이 우리를 볼 수 없게 박물관에서 먼 곳이 좋을 것 같아."

나는 또한 그가 "한 가지 미리 알려 두는데, 당신은 아주 특이한 여자야. 당신은 침착하게 행동할 필요가 있어."라고 말하는 소리도 들었다.

난 포스틴이 그와 함께 가는 것을 완고하게 거부했다고 자신 있게 말할 수 있다. 그때 모렐은 한발 양보해서 이렇게 말했다.

"좋아. 그럼 오늘 밤 사람들이 모두 잠자리에 들러 가면 잠시만 있어 줘."

두 사람은 야자나무 숲과 박물관 사이를 걸었다. 모렐은 쉴 새 없이 말을 쏟아 내면서 다양한 제스처를 취했다. 그러다가 어느 순간 포스틴과 팔짱을 끼고 있었다. 그러고는 아무 말 없이 걸었다.

나는 그들이 박물관으로 들어가는 것을 보고 밤새 성한 몸으로 지켜보려면 먹을거리를 준비해야겠다고 생각했다.

* * *

「두 사람을 위한 차」와 「발렌시아」는 새벽이 지나서까지 계속 울려 댔다. 계획에도 불구하고 나는 아주 조금밖에 먹지 않았다. 언덕 위에서 춤추는 사람들, 끈적이는 나뭇 잎들, 흙냄새가 나는 풀뿌리들, 딱딱하고 섬유소가 많은 알뿌리들, 이런 모든 것이 나로 하여금 박물관에 들어가 빵과 다른 음식을 훔쳐야겠다는 결심을 하도록 만들었다.

나는 한밤중에 석탄 저장실로 들어갔다. 식료품 저장실 과 창고에는 하인들이 있었기 때문이다. 나는 숨어서 사람 들이 방으로 갈 때까지 기다리기로 마음먹었다. 아마도 모 렐이 포스틴과 머리가 부스스한 청년, 뚱뚱한 남자 그리고 파란 눈의 알렉에게 말하려는 내용을 들을 수 있을 것 같 았다. 그런 다음 난 몇 가지 음식을 훔쳐 그곳에서 빠져나 올 방법을 찾아야겠다고 마음먹었다.

사실 나는 모렐이 말하려는 내용에는 별 관심이 없었다. 그러나 배가 도착했고 포스틴이 불가피하게 곧 떠날지도 모른다는 사실에 불안해졌다.

긴 회의실을 통과해 지나면서 난 내가 보름 전에 가져갔 던 벨리도르 책의 유령을 보았다. 그것은 초록색의 대리석 선반 위 정확하게 동일한 장소에 있었다. 난 주머니를 더

듦어 책을 꺼냈다. 그리고 두 개를 비교해 보았다. 두 권의 동일한 책이 있는 게 아니라 한 권의 동일한 책이 두 권 있는 것이었다. 똑같이 하늘색 잉크가 지워져서 '진한 청색'이란 단어를 거의 알아볼 수 없었다. 또한 두 권 모두 표지 아래쪽이 비스듬히 찢겨 있었다……. 난 선반 위에 있는 책을 만질 수조차 없었다. 그들이 날 보지 못하도록 급히 몸을 숨겨야 했기 때문이다. (먼저 여자 몇몇이, 그리고 모렐이 나타났다.) 나는 수족관 바닥의 방을 지나 초록색 방 안의 거울 칸막이 뒤로 숨었다. 그리고 틈새로 수족관이 있는 방을 내다보았다.

모렐이 지시를 내리고 있었다.

"의자와 테이블을 이리로 가져오십시오."

그들은 테이블 앞에 의자 여러 개를 가져와서 마치 강연이라도 들으려는 것처럼 몇 줄로 정리했다.

늦은 시간이 되어서야 거의 모든 사람이 모였다. 약간의 흥분과 약간의 호기심 그리고 약간의 미소가 있었지만 그들은 피로에 지친 나머지 일종의 체념 상태였다.

"한 사람이라도 빠지면 안 됩니다."

모렐이 말했다.

"모두 모이지 않으면 난 시작할 수 없습니다."

"제인이 빠졌어요."

"제인 그레이가 없어요."

"똑같은 말이잖아요."

"그녀를 데려와야 해요."

"누가 그녀를 침대에서 데려올 겁니까?"

"그녀가 빠지면 안 됩니다."

"자고 있을 겁니다."

"그녀가 오지 않는 한 시작하지 않겠습니다."

"내가 데리러 가겠어요."

도라가 말했다.

"내가 함께 가지요."

머리카락이 텁수룩한 청년이 말했다.

나는 이 대화 내용을 정확하게 옮겨 적으려고 애를 썼다. 만일 이 대화가 자연스럽지 못하다면 그건 모두 내 기억력이나 글 솜씨가 형편없기 때문이다. 모든 것이 자연스러웠다. 그 사람들을 보고 그들의 대화를 들으면, 그 누구도 마술적인 사건이 일어날 것을 예상하거나 아니면 나중에 드러날 현실을 부정할 생각은 할 수 없을 것이기 때문이다. (비록 불을 환히 밝힌 수족관 근처에서, 그러니까 검은 대들보 숲 속으로 긴 꼬리가 달린 물고기와 이끼가 가득한 위에서 이루어지는 대화이지만 말이다.)

모렐이 몇 사람과 말을 했지만 난 그들의 얼굴을 볼 수 없었다.

"건물 전체를 다 뒤져서라도 찾아야 해요. 한참 전에 이 방으로 들어가는 걸 보았습니다."

그런데 누가 들어왔다는 말인가? 나에 관해 말하는 걸까? 마침내 이 침입자들이 왜 이 섬에 왔는지 그 진짜 이유를 알 수 있을 거라는 생각이 들었다.

"건물은 벌써 샅샅이 뒤졌습니다."

천진난만한 목소리가 말했다.

"그런 건 중요하지 않습니다. 무슨 일이 있어도 찾아야
합니다."

모렐이 대답했다.

그때 나는 이미 포위된 듯한 느낌을 받았다. 그곳에서 빠
져나가고 싶었지만 한 걸음도 움직일 엄두가 나지 않았다.

나는 거울로 된 방이 고문 장소로 아주 유명하다는 사실
을 떠올렸다. 온몸에서 열기가 느껴지기 시작했다.

그때 도라와 텁수룩한 머리카락의 청년이 술에 취해 있
는 나이 많은 여자를 데려왔다. 수영장에서 본 여자였다.
하인처럼 보이는 두 남자 역시 도와줄 것이 없느냐며 그곳
으로 왔다. 그들은 모렐에게 다가갔고 그중의 하나가 이렇
게 말했다.

"도저히 찾을 수가 없습니다."

(방금 전에 들었던 천진난만한 목소리였다.)

그때 도라가 모렐에게 소리쳤다.

"헤인스는 포스틴 방에서 자고 있어요. 깨워서 이곳으로
데려오기는 아주 힘들 거예요."

그렇다면 그들이 말한 사람은 헤인스였단 말인가? 처음
에 나는 도라의 말과 남자들과 나눈 모렐의 대화가 관련이
있다는 것을 알지 못했다. 모렐과 남자들은 누군가를 찾는
것에 관해 말했고 나는 몹시 겁먹은 나머지 그들의 말에서
어떤 암시나 협박 같은 것만을 찾으려고 했다. 그런데 이
사람들은 내게는 전혀 관심이 없을지도 모른다는 생각이
들었다……. 그들이 나를 찾을 수 없다는 사실을 지금은
알고 있다.

그런데 내가 이 사실을 확신할 수 있을까? 생각 있는 사람이라면 내가 어젯밤에 들은 것과 내가 알고 있다고 생각하는 것을 믿을 수 있을까? 이 모든 것이 나를 체포하기 위한 함정이라는 악몽을 잊으라고 내게 충고할 수 있을까?

만일 이것이 함정이라면 왜 이토록 복잡하게 파 놓는 걸까? 왜 직접 나를 체포하지 않는 걸까? 이렇게 공들이는 것이야말로 미친 짓 아닌가?

우리는 사건들이 예측 가능한 방법으로 발생하고 세상에는 희미하나마 일관성이 있다고 여기는 습관이 있다. 이제 현실은 변한 모습으로, 그러니까 비현실의 모습으로 내게 나타난다. 사람은 잠을 깨거나 죽으면 꿈속의 공포나 세상에 대한 걱정 또는 인생에 대한 강박 관념에서 천천히 벗어난다. 이제 내가 이 사람들을 두려워하는 습관을 깨기는 무척이나 힘들 것이다.

모렐은 테이블 위에 있는 나무 쟁반에서 타자기로 친 노란 실크 종이 뭉치를 집어 들었다. 서류철에는 수많은 편지가 '요트와 모터보트' 회사에서 보낸 광고지 스크랩과 함께 핀으로 고정되어 있었다. 난 그중의 몇 통을 보았다.

"헤인스는 자도록 놔둡시다."

모렐이 말했다.

"그는 너무 무섭습니다. 그를 이곳으로 데려오려 한다면 우리는 절대로 이 모임을 시작하지 못할 겁니다."

* * *

모렐은 어쩔 수 없다는 듯 팔을 벌리고는 주저하는 목소리로 말했다.

"여러분에게 아주 중요한 사실을 하나 밝히고자 합니다."

그는 초조하게 미소를 지었다.

"별로 심각한 것은 아니니 걱정하지 마십시오. 정확하게 전달하기 위해 나는 이 연설문을 작성해 읽기로 마음먹었습니다. 그러니 주의 깊게 들으시기 바랍니다."

(그는 내가 지금 서류철에 집어넣고 있는 노란 종이 뭉치를 읽기 시작했다. 오늘 아침 박물관에서 도망쳐 나올 때 그것은 테이블 위에 있었다. 난 그것을 가지고 왔다.*)

"우선 따분하고 불쾌한 이 사건에 대해 여러분에게 용서를 구하고 싶습니다. 우리는 그걸 잊어야 합니다! 너무도 멋진 한 주를 보냈기 때문에 이 사건을 별로 중요하게 여기지 않을 수도 있습니다. 처음에 나는 여러분에게 아무것도 말해 주지 않기로 결심했습니다. 그랬다면 여러분에게 이런 불안감을 안겨 주지 않을 수 있었을 것입니다. 또한 마지막 순간까지 우리는 기쁘게 지낼 수 있었을 것이고 아무 문제도 없었을 것입니다. 하지만 여러분은 모두 내 친구들이고, 따라서 알 권리가 있다고 생각합니다."

그는 잠시 말을 멈추었다. 그는 시선을 돌리면서 미소를 지었지만 몸은 떨고 있었다. 그런 다음 감정에 이끌려 말

---

* 〔편집자 주〕 좀 더 분명하게 밝히기 위해 우리는 노란 종이에 타자기로 친 내용을 인용부 안에 넣는 것이 좋겠다고 생각했다. 일기의 나머지 부분과 마찬가지로 가장자리에 연필로 직접 적어 넣은 메모는 따옴표 없이 처리한다.

을 이었다.

"나는 여러분의 허락도 받지 않은 채 여러분의 사진을 찍었습니다. 물론 그것은 흔히 볼 수 있는 사진과는 다릅니다. 이것은 내가 최근에 발명한 것입니다. 우리는 이 사진 속에서 영원히 살 수 있습니다. 이 한 주 동안의 우리 삶이 완벽하게 재현되는 무대를 상상해 보십시오. 우리의 삶은 모두 녹화되었습니다."

"참으로 뻔뻔스럽군!"

검은 콧수염을 기르고 뻐드렁니가 난 남자가 불쑥 말을 꺼냈다.

"농담이길 바라요."

도라가 말했다.

포스틴은 웃고 있지 않았다. 화가 난 듯했다.

"우리가 이곳에 도착하자마자 여러분에게 '우리는 영원히 살 것입니다.'라고 말할 수도 있었습니다. 그랬다면 아마도 우리는 계속해서 즐겁게 살려고 무진 애를 썼을 것이고 그래서 모든 것을 망쳐 버리고 말았을 것입니다. 나는 생각했습니다. '우리가 함께 보낼 한 주 동안 시간을 적절히 사용해야만 한다는 의무감을 갖지 않는다면 아마도 즐거운 시간을 보낼 수 있을 거야.' 그렇지 않습니까?"

그런 다음 이렇게 말했다.

"그래서 나는 여러분에게 영원히 지속될 기쁨을 주었던 것입니다."

잠시 말을 멈춘 뒤에 그는 말했다.

"물론 인간이 만든 것은 그 어떤 것도 완벽할 수 없습니다. 우리의 몇몇 친구는 이 여행에 불참했습니다. 어쩔 수 없는 사정으로 말이지요. 클로드는 미안하다고 했습니다. 그는 인간과 하느님은 서로 이견을 보인다는 이론을 신학적 의미를 지닌 소설로 쓰는 작업을 하고 있습니다. 그는 그것이 자기에게 불멸을 가져다줄 수 있는 효과적인 방법이라고 생각하고 있으며 자신의 작업을 중단하고 싶어 하지 않았습니다. 마들렌은 2년 전부터 건강을 이유로 등산도 하지 않고 있습니다. 레클레는 이미 데이비스와 함께 플로리다에 가기로 약속을 한 상태였습니다."

그는 되씹어 생각하듯 이렇게 덧붙였다.

"불쌍한 찰리, 물론……."

'불쌍한'이란 단어를 강조하는 그의 말에 그곳에 모인 사람들은 아무 말 없이 엄숙한 표정을 지었으며 갑자기 자세를 바꾸었다. 그리고 동시에 의자가 초조하게 움직이는 소리가 들렸다. 이런 사실을 바탕으로 나는 찰리라는 사람이 죽었다고, 더 정확하게 최근에 죽었다고 추측했다.

그러더니 모렐은 모인 사람들을 안심시키려는 듯이 말했다.

"하지만 난 그와 함께 있습니다. 그를 보고 싶은 사람이 있다면 난 그를 보여 줄 수 있습니다. 그는 내 실험이 처음으로 성공했을 때의 대상 중 하나였습니다."

그는 말을 멈추었다. 방 안에 다시 약간의 변화가 생기고 있음을 눈치 챈 것 같았다. 첫 번째 변화는 인정상 그곳에 모였지만 지겨워하던 사람들을 슬픔으로 몰아간 것이었다. 사람들은, 농담조의 이야기를 하는 가운데 죽은 친구를 언급하는 모렐의 못된 취미를 비난하고 책망하는 듯하더니, 이제는 어이가 없다는 듯한, 아니 거의 공포에 질린 듯한 표정을 지었다.

모렐은 재빨리 노란 종이를 다시 읽기 시작했다.

"오랫동안 내 머리는 중요한 두 가지 일만을 생각했습니다. 하나는 내 발명품 생각이었고 또 다른 하나는……."

이제 모렐과 그곳에 모인 사람들 사이에는 결정적으로 공감대가 형성되었다.

"가령 나는 책을 펼칠 때마다 그리고 길을 걷거나 파이프 담뱃대에 담배 가루를 넣을 때마다 행복한 삶을 꿈꿉니다."

그가 말을 멈출 때마다 박수가 터져 나왔다.

"이 발명품을 만드는 데 성공하자 우선은 상상 속의 것을 실제로 현실에 옮겼다는 생각이 떠올랐고, 그다음에는 내가 낭만적 환상에 영원한 현실을 부여하는 믿을 수 없는 계획을 이룰 수 있다는 생각에 이르렀습니다. 나는 내가 뛰어나다고 믿었고 천국을 만드는 것보다는 한 여자가 나를 사랑하게 만드는 것이 더 쉽겠다고 생각했습니다. 그래서 자연스럽게 이런 접근 방법을 택하게 되었습니다. 이제 나를 사랑하는 여인을 만들겠다는 소망은 이루어질 가능성이 희박합니다. 나는 더 이상 그녀의 신뢰를 받지 못하고 있고, 삶과 용감하게 맞서겠다는 의지, 그러니까 내 삶을 지지해 주던 욕망도 잃었습니다. 나는 전략을 세워야 했습니다. 다시 말해서 계획을 세워야만 했습니다."

(모렐은 말투를 바꿨다. 자기의 말로 인해 심각해진 분위기를 누그러뜨리려는 듯했다.)

"처음에 나는 단둘이 이곳으로 오자고 그녀를 설득하려 했습니다. 그러나 그건 불가능했습니다. 내가 사랑을 고백한 후 그녀가 혼자 있는 것을 보지 못했기 때문입니다. 아니면 그녀를 납치해야겠다고도 생각했습니다. 그랬다면 아마 우리는 줄곧 싸움만 했을 것입니다. 하지만 이번에는 '영원히'라는 말이 절대로 과장이 아님을 주목해 주십시오."

그의 말을 듣던 사람들이 상당히 동요하기 시작했다. 내가 듣기에는 그가 그녀를 납치하려고 계획했다는 말을 했고, 또한 그 사실을 뻔뻔스럽고 익살스럽게 말하려 했기 때문인 것 같았다.

"그럼 이제 내 발명품을 설명하겠습니다."

* * *

여기까지가 역겹고 난삽하기 이를 데 없는 그의 연설문 내용이다. 모렐은 과학자이고, 이성을 잃지 않고 자기 전문 분야에 집중할 때는 더욱 정확하고 꼼꼼한 사람이다. 그래서 그의 글은 계속해서 불쾌하기 짝이 없다. 그러니까 기술적인 용어로 가득한 글을 웅변하듯 힘 있게 쓰려고 헛수고를 기울이고 있다. 하지만 적어도 아주 분명하게 서술하고 있기는 하다. 독자들도 이 사실을 확인할 수 있을 것이다.

"무선 통신의 기능이 무엇입니까? 청각과 관련하여 이곳에 없는 사람과도 통신을 할 수 있게 하는 겁니다. 송신기와 수신기를 이용하여 우리는 마들렌이 이곳에서 2만 킬로 미터 이상 떨어진 퀘벡 근교에 있을지라도 그녀와 대화를 나눌 수 있습니다. 텔레비전 역시 시각과 관련하여 동일한 기능을 수행합니다. 진폭을 크게 하거나 작게 하면서 우리는 이 원칙을 다른 감각, 즉 다른 모든 감각 기관에도 적용할 수 있습니다.

최근까지 멀리 떨어진 사람들과 감각을 공유할 수 있게 고안된 과학적 수단은 대략 다음과 같습니다.

시각과 관련해서는 텔레비전, 영화, 사진이 있습니다.

그리고 청각과 관련해서는 무선 통신, 축음기, 전화가 있습니다.*

결론은 이렇습니다.

얼마 전까지 과학은 단지 청각과 시각만을 만족시킬 수 있었고, 그렇게 시간과 공간적 차원에서 우리와 함께 있지 않은 사람이나 사물 들을 보완해 주었습니다. 내 작업의 전반부는 아주 가치 있는 것이었습니다. 왜냐하면 이미 전통이 되어 버린 게으른 생각과 단절하고 있기 때문입니다. 그리고 세상을 더 낫게 만들었던 현인들의 사상과 가르침을 논리적으로 그리고 거의 유사한 방법으로 계속 이어 가고 있기 때문입니다.

---

* 〔편집자 주〕 여기에 전보가 빠진 것은 상당히 의도적인 것처럼 보인다. 모렐은 모스가 처음으로 보낸 메시지의 질문을 제목으로 차용한 「하느님은 우리에게 무엇을 보내는가?」라는 팸플릿의 저자이다. 그리고 이 질문에 대해 그는 '쓸모없는 화가와 무분별한 발명품.'이라고 대답한다. 그러나 「라파예트」와 「죽어 가는 헤라클레스」와 같은 그림은 의심할 수 없는 가치를 지니고 있다.

여기서 나는 프랑스의 클뤼니 그룹과 스위스 상트갈렌의 슈바처 등의 회사들에 심심한 사의를 표하고 싶습니다. 그들은 내 연구의 중요성을 이해하고 자신들의 훌륭한 실험실을 마음껏 사용하도록 해 주었습니다.

하지만 불행히도 내 동료들에게는 감사의 말을 전할 수 없습니다.

나는 불후의 전기학자이며 초기 단계의 거짓말 탐지기를 발명한 얀 반 호이제에게 자문을 구하러 네덜란드로 갔습니다. 그는 나를 격려해 주었지만 유감스럽게도 내 생각에 약간의 의심을 표했습니다.

그때부터 나는 혼자 작업했습니다.

나는 이전에는 도저히 손에 넣을 수 없었던 파동과 진폭을 찾기 시작했습니다. 그것들을 수신하고 전송할 수 있는 기구를 만들기 위함이었지요. 약간의 어려움은 있었지만 후각적 감각을 얻었습니다. 열 감각과 촉각을 얻기까지는 엄청난 인내가 필요했습니다.

또한 기존의 방법들도 보완할 필요가 있었습니다. 축음기 레코드를 만든 사람 덕분에 나는 최고의 결과를 얻을 수 있었습니다. 이미 오래전부터 적어도 우리는 인간의 목소리에 관해서는 죽음을 두려워할 필요가 없다고 말할 수 있게 되었습니다. 사진과 영화는 비록 불완전하지만 인간의 모습이 보존될 수 있도록 해 주었습니다. 나는 작업의 이 부분을 거울 속에 나타나는 이미지를 포착해 저장하는 방향으로 이끌었습니다.

내 기계들 앞에서 사람이나 동물 또는 사물은 여러분이

라디오를 통해 듣는 콘서트를 전송하는 방송국과 같습니다. 후각적 파동을 일으키는 수신기 다이얼을 돌리면 마들렌을 보지 않고도 그녀의 가슴에서 풍기는 재스민 향기를 맡을 수 있습니다. 그리고 촉각 파동의 다이얼을 돌리면 보이지 않는 그녀의 부드러운 머리카락을 쓰다듬을 수 있고, 마치 장님처럼 여러분 손으로 더듬으면서 느껴지는 것이 무엇인지를 알아낼 수 있습니다. 만약 모든 다이얼을 동시에 돌리면 마들렌이 완벽하게 재생되어 눈앞에 나타납니다. 그러나 꼭 잊지 말아야 할 것은 소리와 촉감과 맛과 향기와 열기를 모두 완벽하게 가진 이것이 거울에서 추출한 영상이라는 사실입니다. 누구도 이를 보고 그것이 영상이라는 사실을 깨닫지는 못할 것입니다. 만일 지금 우리의 영상이 나타난다 해도, 여러분은 내 말을 믿지 않을 것입니다. 아마도 내가 여러분 각자와 똑같은 배우들, 즉 도저히 있을 법하지 않은 배우들을 고용했다고 생각하길 택할 것입니다.

이것이 내 기계들의 첫 번째 기능입니다. 두 번째는 녹화를 하는 것이고 세 번째는 그것을 상영하는 것입니다. 스크린이나 종이는 전혀 필요하지 않습니다. 그 어떤 공간에서건 가리지 않고, 그리고 밤이건 낮이건 상관없이 상영할 수 있습니다. 더 분명하게 설명하기 위해 내 기계들의 기능을 어느 정도 거리가 떨어진 곳의 송신기로부터 이미지를 송출하는 텔레비전과 비교해 보겠습니다. 또한 텔레비전에 송출되는 영상을 영화로 만드는 카메라와, 영화를 상영하는 영사기와도 비교해 보겠습니다.

나는 내 기계의 모든 부분을 동시에 작동시켜서 우리 인생의 장면 장면들을 촬영해야겠다고 생각했습니다. 가령 포스틴과 보낸 어느 날 오후나 여러분과 나눈 대화 등을 말입니다. 그렇게 나는 선명하고 아주 오래 보존될 수 있는 영상들로 이루어진 앨범을 만들고 싶었습니다. 그러면 그것은 현재가 앞날에 주는 소중한 유산이 될 것이고, 여러분의 아이들이나 친구들에게 기쁨을 선사할 것입니다. 또한 우리와는 다른 방식으로 삶을 살게 될 다음 세대에게 소중한 자료가 될 것입니다.

결론적으로 나는 대상을 재현한 것이 다시 대상이 된다면, 그러니까 어느 집을 찍은 사진이 다른 대상을 재현하는 또 다른 대상이 되는 것처럼, 동물이나 식물의 재현은 동물이나 식물이 되지 않을 것이라고 생각했습니다. 나는 내가 찍은 인물의 영상에 그들 자신에 대한 의식이 결여되었을 것이라고 확신했습니다. 마치 영화의 인물들처럼 말입니다.

그런데 힘든 작업 결과 놀랍게도, 기계의 여러 다른 부분들을 동시에 작동시키는 데 성공하면서 재구성된 인물을 얻었습니다. 그들은 내가 영사기의 전원을 끄면 사라지고, 단지 촬영되었던 순간만을 살 수 있습니다. 그리고 그 장면이 끝나면 같은 장면을 다시 반복할 수 있습니다. 마치 끝나면 다시 시작할 수 있는 축음기의 레코드나 영화처럼 말입니다. 그러나 그 누구도 그들을 살아 있는 사람과 구별할 수 없습니다. (그들은 다른 세계, 즉 우리가 우연히 만난 세상을 돌아다니는 것처럼 보입니다.) 만일 우리가 의식을 부여한다면 그리고 우리를 둘러싼 것으로부터 우리를 구별하는 모든 것들을 부여할 수 있다면, 내 기계들이 만들어 낸 사람이 진짜 사람이 아니라고 부정할 그 어떤 이유도 댈 수 없을 것입니다.

모든 감각이 동시에 작동하면 영혼이 나타납니다. 그것이 바로 내가 기다리던 것입니다. 마들렌이 시각, 청각, 후각, 촉각, 미각적으로 존재한다면 그것은 그녀가 실제로 그곳에 있기 때문입니다.”

나는 모렐의 문체는 불쾌하며 기술적인 용어로 가득하고 어느 정도 과장을 하려 하지만 헛수고에 지나지 않는다고 지적한 바 있다. 그 진부함은 너무나 분명했다.

“그토록 기계적이고 인공적인 체계가 삶을 재현한다는 사실을 받아들이기란 쉽지 않지요? 마술사의 교묘한 손동작이 마술이 된다는 것은 바로 우리가 그것을 볼 수 없다는 것에 기인한다는 사실을 떠올려 보십시오.

살아 있는 것처럼 생생하게 대상을 재현하려면 살아 있는 송신자가 필요합니다. 삶을 새로 창조하는 것이 아닙니다.

축음기 레코드에 숨어 있는 것 그리고 내가 버튼을 눌러 기계를 작동해야만 비로소 나타나는 것을 삶이라고 부를 수는 없지 않겠습니까? 중국의 고관대작들처럼, 모든 삶이 미지의 존재들이 누를 수 있는 버튼에 좌우된다고 말해야만 할까요? 그리고 여러분 자신들은 얼마나 많이 인간의 운명에 의문을 던졌으며, 우리가 어디로 가는지와 같은 해묵은 질문들을 던져 보았습니까? 축음기 레코드에 숨겨진 채 알려지지 않은 음악처럼, 하느님이 우리에게 태어날 장소를 지시할 때까지 우리는 어디에 있었습니까? 인간의 운명과 영상의 운명이 흡사하다는 것을 여러분은 감지하지 못합니까?

영상이 영혼을 가질 수 있다는 가정은 송신자로 사용된 사람이나 동물 또는 식물을 보여 주는 내 기계의 결과에 의해 확인되는 것 같습니다.

물론 나는 수많은 실패 후에야 비로소 이런 결과를 얻었습니다. 나는 슈바처 사의 직원들과 했던 첫 번째 실험을 기억합니다. 나는 아무것도 알려 주지 않은 채 그들이 일하는 동안 그 모습을 찍었습니다. 당시에는 아직 수신기에 약간의 오류가 남아 있었습니다. 수신받은 자료들을 제대로 취합하지 못했던 것입니다. 가령 어떤 경우에는 영상이 촉감과 일치하지 않았습니다. 그리고 전문가가 아니면 도저히 감지할 수 없는 실수도 여러 번 있었습니다. 하지만 어떤 경우에는 편차가 너무 크기도 했습니다."

* * *

스토에버가 물었다.

"그 첫 번째 영상을 보여 줄 수 있습니까?"

"여러분이 원한다면, 물론이죠. 하지만 몇몇은 약간 기괴한 모습으로 나타난다는 것을 미리 말씀드리겠습니다."

모렐이 대답했다.

"좋아요. 그걸 보여 주세요. 잠깐 즐기는 건 나쁘지 않으니까요."

도라가 말했다.

"그것을 보고 싶군요."

스토에버가 계속 말했다.

"슈바처 사에서 의문사한 몇몇 사람이 기억나기 때문에 말입니다."

알렉이 고개 숙여 인사하면서 말했다. "축하합니다. 모렐. 이제 당신 말을 믿는 사람들이 생겼군요."

스토에버는 진지한 표정으로 대답했다.

"이 바보야, 넌 못 들었어? 찰리 역시 그 기계에 찍혔어. 모렐이 상트갈렌에 있을 때 슈바처 사의 직원들은 죽어 가기 시작했고. 난 그 사진들을 여러 잡지에서 보았어. 난 그들을 알아볼 수 있을 거야."

그러자 모렐은 분노로 몸을 떨며 방에서 나가 버렸다. 사람들은 서로에게 소리치기 시작했다. 도라가 말했다.

"이것 봐요…… 당신이 모렐의 기분을 상하게 했어요. 어서 그를 찾아와요."

"어떻게 모렐에게 그런 말을 할 수가 있어요!"

"아직도 모르겠어요? 이해가 안 된단 말이오?"

스토에버가 고집을 피웠다.

"모렐은 예민한 사람이에요. 난 왜 당신이 그를 모욕하는 말을 했는지 모르겠어요."

"여러분은 몰라요."

스토에버가 화를 내며 소리쳤다.

"그가 자기 기계로 찰리를 촬영했고 찰리는 죽었단 말이에요. 그가 슈바처 사의 직원들을 촬영했고 그 직원들 중 몇몇이 의문에 휩싸인 채 죽었단 말입니다. 그런데 지금 그가 우리를 촬영했다고 말하고 있지 않습니까!"

"하지만 우린 죽지 않았잖아요."

이레네가 말했다.

"모렐은 자기 자신도 촬영했어요."

"이 모든 게 장난이라고 생각하는 사람은 아무도 없습니까?"

"그런데 왜 모렐은 그토록 화를 내는 거죠? 지금까지 그렇게 화낸 적은 한 번도 없었어요."

"어쨌건 모렐이 한 짓은 잘못입니다."

뻐드렁니가 난 사람이 말했다.

"우리에게 미리 알려 줬어야 해요."

"내가 찾으러 가죠."

스토에버가 말했다.

"당신은 여기에 있으세요!"

도라가 소리쳤다.

"내가 가겠습니다."

이가 삐뚤삐뚤 난 사람이 말했다.

"그를 힐난하러 가려는 게 아니라 우리를 용서하고 이야기를 계속해 달라고 부탁할 생각입니다."

그들은 스토에버의 주위로 몰려왔다. 그리고 흥분한 상태로 그를 달래려 했다.

잠시 후 이가 삐뚤삐뚤 난 사람이 돌아왔다.

"오고 싶어 하지 않습니다. 우리더러 자기를 용서해 달라고 말하더군요. 아무리 사정해도 오려 하지 않았습니다."

그러자 포스틴과 도라 그리고 나이 많은 여자가 회의실에서 나갔고 몇몇 사람이 그들의 뒤를 쫓았다.

이가 삐뚤삐뚤 난 남자와 알렉, 스토에버 그리고 이레네만이 남아 있었다. 그들은 이제 차분해졌지만 매우 심각한 표정을 짓고 있었다. 잠시 후 그들 역시 그곳을 떠났다.

나는 몇몇 사람이 회의실에서 그리고 다른 몇몇 사람이 계단에서 말하는 것을 들었다. 불은 모두 꺼졌고 박물관은 여명의 불그스름한 빛 가운데 잠겼다. 나는 긴장을 늦추지 않고 기다렸다. 아무 소리도 들리지 않았고 거의 아무것도 보이지 않았다. 사람들이 모두 잠자리에 든 걸까? 아니면 나를 잡으려고 잠복해 있는 걸까? 나는 몸을 떨면서 그곳에 있었다. 얼마나 오랫동안 있었는지는 모른다. 그리고 마침내 내가 무엇을 하는지도, 그러니까 더 정확히 말하자면 내 가상의 추적자들이 내게 어떤 일을 하려고 하는지도 모른 채 걷기 시작했다. (나는 내 발소리를 들으면서 무언가 살아 있다는 확신을 갖고 싶었다.)

나는 테이블로 가서 노란 종이를 주머니에 넣었다. 그리고 그 방에는 창문이 없었기 때문에 (이 사실에 나는 두려움을 느꼈다.) 건물 밖으로 나가기 위해서는 회의실을 지나가야 한다고 생각했다. 난 아주 천천히 걸었다. 그 박물관은 끝이 없어 보였다. 난 회의실 문 앞에서 발걸음을 멈추었다. 그리고 천천히 아무 소리도 내지 않고 열린 창문으로 걸어갔고 그곳에서 뛰어내려 마구 달렸다.

* * *

저지대에 도착하자 나는 그 불가사의한 사람들에 대해서 알고 싶은 마음에 그들이 처음 왔던 바로 그날 그곳에서 도망치지 않았던 나 자신을 원망했다.

모렐의 설명을 들은 후에 나는 이 모든 일이 경찰의 계략이라고 생각했다. 그것을 그토록 늦게 깨달은 나 자신을 용서할 수 없었다.

이런 내 의심이 황당해 보일 수도 있지만, 나는 내가 그것을 정당화할 수 있다고 확신한다. 그 누가 "나와 내 동료들은 영상입니다. 우리는 새로운 종류의 사진입니다."라고 말하는 사람을 믿을 수 있을까? 내 경우에 이런 불신은 더욱 정당하다. 그것은 내가 죄를 지었다고 재판에 회부되었고 사형을 선고받았으며, 따라서 아직도 누군가 승진을 위해 나를 체포하려 할 수 있었기 때문이다.

그러나 난 피곤했고 도망칠 것인지 계속 머무를 것인지 머뭇거리다가 이내 잠들고 말았다. 오늘은 정말로 조마조마한 날이었다.

꿈에서 나는 포스틴을 보았다. 꿈은 아주 슬펐고 아주 애처로웠다. 우리는 작별을 하고 있었다. 그들이 그녀를 찾으러 왔다. 배는 막 떠나려 하고 우리는 단둘이 낭만적인 이별을 하고 있었다. 나는 꿈속에서 내내 울었고 어쩔 수 없는 절망감에 빠져 잠에서 깼다. 왜냐하면 포스틴이 그곳에 없었기 때문이다. 나는 서로가 숨김없이 사랑을 고백했다는 것을 위안으로 삼았다. 나는 내가 자는 동안 포스틴이 벌써 떠나 버리지는 않았을까 두려웠다. 그래서 자리에서 일어나 주위를 둘러보았다. 배는 벌써 떠나고 없었다. 나는 형언할 수 없을 만큼 슬펐고 스스로 목숨을 끊어야겠다고 결심했다. 하지만 눈을 들었을 때 스토에버와 도라가 보였다. 언덕에 다른 몇몇 사람도 있었다.

나는 포스틴을 만날 필요가 없었다. 나는 그녀가 그곳에 있건 없건 간에 더 이상 상관하지 않겠다고 마음먹었다.

나는 모렐이 몇 시간 전에 말한 내용이 사실이라는 것을 깨달았다. (그러나 그가 처음으로 그걸 말한 것이 몇 시간 전이 아니라 몇 년 전일 수도 있었다. 그 말을 그날 밤에 반복한 것뿐일 수도 있었다. 그것은 그 주에 일어났던 일의 일부로 영원히 돌아가는 레코드에 기록된 것이기 때문이다.)

나는 그 사람들과 쉬지 않고 반복되는 그들의 행동에 경멸감을 느꼈다. 거의 토할 지경이었다. 그들은 수없이 언덕에 모습을 드러냈다. 인공적인 환영들로 가득 찬 섬에 있다는 것이 가장 참을 수 없는 악몽이었다. 그리고 그런 환영들 중 하나를 사랑한다는 것은 더욱 그랬다. 차라리 귀신을 사랑하는 편이 나았다. (아마도 우리는 사랑하는 사람이 귀신과 같은 존재가 되길 바라고 있는지도 모른다.)

* * *

여기에 모렐이 읽지 않은 노란 종이의 나머지 부분이 있다.

"나는 처음에 내가 생각한 계획이 실현 불가능하다는 것을 알았습니다. 그것은 그녀와 단둘이 시간을 보내면서 내가 행복해하는 장면 또는 우리 두 사람이 서로 기쁨을 나누는 장면을 담는 것이었습니다. 그래서 난 다른 계획을 생각해 냈습니다. 틀림없이 처음 계획보다 훨씬 더 멋진 계획이라고 확신합니다.

여러분은 내가 이 섬을 선택한 이유가 무엇인지 궁금할 것입니다. 세 가지 이유 때문인데, 첫째는 조수이고, 둘째는 암초이며, 셋째는 빛이었습니다.

달에 의해 일어나는 조수 간만의 주기가 규칙적이고 기상학적으로 조수가 자주 일어난다는 사실은 거의 항구적인 동력 공급을 보장한다는 것을 의미합니다. 암초는 침입자들에게서 우리를 안전하게 지켜 줄 수 있는 광활한 성벽과 같습니다. 그것을 아는 사람은 우리의 선장인 맥그리거뿐입니다. 나는 그가 다시는 이런 위험을 무릅쓰지 않을 것임을 알고 있습니다. 햇빛은 화사하지만 눈이 부실 정도는 아닙니다. 영상을 보존하는 데 아주 적당합니다.

여러분에게 고백하건대, 나는 이런 훌륭한 이유들 때문에 전혀 주저하지 않고 내 전 재산을 이 섬을 구입하는 데 사용했고 박물관과 예배당과 수영장을 지었습니다. 여러분이 '요트'라고 부르는 화물선을 빌렸고 그래서 우리는 더 편하게 이 섬에 들어올 수 있었습니다.

이 집을 '박물관'이라고 부르는 이유는 결과가 어떻게 될지도 모르는 채 내 발명품의 계획을 실천하는 동안 시간의 흐름을 견디고 살아남은 건물이기 때문입니다. 그때 나는 영상들로 가득한 커다란 앨범 또는 박물관을 세우겠다고 결심했습니다. 그것이 개인 박물관이 되든 공공 박물관이 되든 상관없습니다.

이제 성명을 발표할 시간이 되었습니다. 이 섬과 이 섬의 건물은 우리가 소유한 천국입니다. 나는 이 천국을 지키기 위해 몇 가지 물리적이고 정신적인 예방책을 세웠습니다. 나는 그것들이 이 섬을 보호해 줄 것이라고 확신합니다. 우리가 내일 떠나더라도 우리는 영원히 이곳에 있게 될 것입니다. 우리가 이곳에서 보낸 한 주간의 매 순간이 계속해서 반복될 것입니다. 그래서 우리는 그 기간 동안 가졌던 의식에서 도망치지 못할 것입니다. 그것은 바로 이 기계들이 우리의 생각과 감정을 포착했기 때문입니다. 우리는 항상 새로운 삶을 살고 있다고 느낄 것입니다. 왜냐하면 각각의 순간이 상영될 때마다 영원히 반복될 레코드에 기록된 그 순간의 기억 외에는 그 어떤 기억도 가질 수 없을 것이기 때문입니다. 또한 우리가 수없이 뒤로 미뤄 두었던 앞날은 영원히* 그 속성을 간직하게 될 것이기 때문이기도 합니다.”

* * *

그들은 가끔씩 모습을 드러냈다. 어제 나는 언덕 언저리

---

* 〔편집자 주〕 ‘영원히’라는 말은 우리의 불멸이 지속되는 기간을 언급하기 위해 사용되었다. 꾸밈없고 조심스럽게 선택된 물건인 기계들은 파리의 지하철보다 더 영구적이다.

에 있는 헤인스를 보았다. 그리고 이틀 전에는 스토에버와 이레네를 보았다. 또 오늘은 도라와 다른 여자들을 보았다. 그들을 보면 나는 초조해진다. 만일 삶을 조용히 살고 싶다면 이런 영상들을 멀리 해야만 한다.

나는 그 영상들을 없애 버리고 그들을 상영하는 기계들(그것들은 틀림없이 지하실 어딘가에 있을 것이다.)을 부숴 버리거나 또는 수차의 바퀴를 산산조각 내고 싶은 충동을 느낀다. 그러나 나는 참는다. 난 이 섬의 동료들에게 집착하지 않으려 한다. 그들은 실체가 없는 인물들이기 때문이다.

어쨌건 나는 거기에 어떠한 위험이 도사리고 있다고는 생각지 않는다. 나 역시 홍수와 배고픔과 식량 부족 상태에서 살아남느라 너무 바쁘기 때문이다.

나는 영구적으로 쓸 수 있는 침대를 만들기 위한 방법을 찾고 있다. 저지대에서는 그 방법을 알아내지 못할 것이다. 이곳의 나무들은 썩었고 따라서 내 몸을 지탱해 줄 수 없다. 그러나 나는 이 모든 상황을 바꾸겠다고 마음먹었다. 밀물이 거세게 밀려오면 잘 수가 없다. 그리고 조금이라도 물이 넘치는 날이면 며칠이나 제대로 쉴 수가 없다. 그런 홍수는 정해진 시간에 들이닥치는 게 아니다. 나는 이런 홍수가 아직도 익숙지 않다. 미적지근한 진흙물이 내 얼굴을 덮고 순간적으로 그 물속에서 허우적댈 것을 생각하면 좀처럼 잠을 이룰 수가 없다. 바닷물의 급습을 받고 싶지 않아도, 피로를 이기지 못해 잠이 들면 물은 어느새 소리 없이 차 오르고 마치 구릿빛 바셀린을 바른 것처럼 나는 제대로 숨을 쉴 수가 없다. 그래서 나는 지겹도록 피로를 느끼고 작은 어려움만 닥쳐도 쉽게 화를 내고 낙담한다.

* * *

　나는 노란 종이 뭉치를 다시 읽고 있다. 모렐은 누군가의 시간적, 공간적 부재를 극복할 수 있는 방법을 설명했다. 그 설명은 혼란을 일으킬 수 있다. 아마도 '감각적 인지를 성취할 수 있는 방법 그리고 그런 것을 성취하고 존속시킬 수 있는 방법'이라고 말하는 편이 나을 것 같다. 무선 통신, 텔레비전, 전화는 오로지 시간적, 공간적으로 부재하는 것을 극복할 수 있는 방법이다. 한편 영화와 사진 그리고 축음기, 즉 진정한 기록물들은 그것을 성취하고 보존할 수 있는 방법이다.

　따라서 시간적, 공간적 부재를 극복하고 감각적 인지를 제공할 수 있는 모든 기계가 성취 방법이 된다. (사진이나 음반을 손에 넣기 위해서는 먼저 사진을 찍고 녹음을 해야 한다.)

　또한 지금 없는 것들은 모두 원래 공간적으로 부재하는 것일 수도 있다……. 의심할 나위 없이, 이제는 살아 있지 않은 사람의 영상이나 촉감 그리고 목소리가 존재할 수 있다. (사라지는 것은 아무것도 없다.)

　이것은 내게 새로운 희망을 가져다주었다. 이것은 왜 내가 박물관의 지하실로 가서 기계들을 살펴보아야 하는지 그 이유를 제시해 주었다.

　나는 더 이상 살아 있지 않은 사람들을 생각했다. 언젠가 전파를 보낸 사람들은 다시 그것들을 세상에 모을 것이다. 나는 나 자신이 무언가를 성취하는 환상에 사로잡혔다. 아마도 죽은 사람들을 다시 한군데로 모을 수 있는 방법을 만들어 내는 환상을 꿈꾸었는지 모른다. 나는 모렐의 기계에 다른 장치를 연결해서 살아 있는 송신자(의심할 나위 없이 그것들은 훨씬 강력할 것이다.)로부터 전파를 받지 못하도록 할 수도 있으리라 생각했다.

불멸성은 현재의 온전한 사람들뿐만 아니라 몸이 썩어 버린 사람들의 영혼에서도 싹을 틔울 수 있을 것이다. 그러나 불행히도 최근에 죽은 사람들은 오래전에 죽은 사람들의 잔해 덩이를 보고 귀찮게 생각할지도 모른다. 지금은 이미 실체도 없는 사람을 그대로 만드는 것, 그러니까 그의 모든 요소를 다시 지니되 다른 요소는 하나도 없이 예전 그대로 만들기 위해서는 오시리스를 재건할 때의 이시스*처럼 모든 것을 참고 견딜 수 있는 소망을 가져야만 할 것이다.

지금 작동하고 있는 영혼들은 무기한 보존될 것이 확실하다. 다시 말하자면 사람들이 이 땅에서 자신들의 장소를 지키려면 맬서스의 교리를 실천하고 전도해야 한다는 사실

---

* 이집트의 신들. 그들은 땅의 신 게브와 하늘의 신 누트의 아이들이고 세트의 형제들이다. 오시리스를 질투한 세트는 그를 단단한 상자에 넣어 나일 강물에 던져 버린다. 그의 아내이자 여동생인 이시스는 그의 목숨을 구하는 데 성공하지만 세트는 다시 그의 몸을 절단하여 그 뼈들을 전국 각지에 뿌린다. 이시스는 이집트를 돌아다니면서 모든 유해를 찾아 하나로 모은 뒤에 다시 그에게 목숨을 되돌려 준다.

을 이해할 때 비로소 무기한 보존될 것이다.

그러나 모렐이 발명품을 이 섬에 숨겼을지도 모른다는 사실은 유감스럽기 짝이 없다. 아마도 내가 실수를 범하고 있는지도 모른다. 모렐은 유명한 사람인지도 모른다. 그렇지 않다면 나는 그의 발명품을 세상에 알리는 대가로 내 추적자들로부터 사면을 얻을 수도 있다. 하지만 모렐이 자신의 발명품을 세상에 전하지 않았더라도 그의 친구들 중 하나가 이미 그렇게 했을 수도 있다. 어쨌거나 내가 카라카스에서 나올 때 아무도 이것에 관해 말하지 않았다는 사실은 이상한 일이다.

* * *

나는 그 영상들을 볼 때마다 신경질적으로 혐오감을 느끼곤 했지만 결국 그것을 극복해 냈다. 이제 그 영상들은 나를 괴롭히지 않는다. 나는 밀물로부터 안전한 박물관에서 편히 지내고 있다. 잠도 잘 자고 아침에는 기분 좋게 눈을 뜬다. 그리고 마음의 평정도 되찾았다. 사실 이런 태연함 때문에 나는 내 추적자들을 따돌리고 이 섬에 올 수 있었다.

그 영상들과 스칠 때면 조금은 불쾌감을 느끼는 것이 사실이다. 특히 내가 다른 것을 생각할 때 그런 일이 일어나면 더욱 그렇다. 하지만 난 그것 역시 극복할 것이다. 그리고 내가 다른 것을 생각할 수 있다는 사실은 내 삶이 지극히 정상으로 돌아왔음을 의미한다.

이제 나는 단순한 사물을 보듯 아무 감정도 없이 포스틴을 바라보는 데 익숙해졌다. 호기심을 이기지 못해 나는 20일 전부터 그녀를 따라다니고 있다. 그건 그리 어려운 일이 아니다. 단지 문을, 심지어 잠겨 있지도 않은 문을 열 수 없다는 문제만 있을 뿐이다. (그 장면이 촬영될 때 문이 닫혀 있었다면 상영될 때도 닫혀 있어야만 하기 때문이다.) 어쩌면 억지로라도 밀치고 들어갈 수는 있을 것이다. 그러나 난 약간의 파손이 기계 전체의 고장을 초래할까 두려웠다.

포스틴은 자기 방으로 들어갈 때면 방문을 닫는다. 그녀를 건드리지 않고 들어갈 수 있는 경우가 딱 한 번 있다. 그것은 그녀가 도라와 알렉과 있을 때이다. 그런데 이 두 사람은 급히 그곳을 나가 버린다. 첫 주의 그날 밤, 난 복도에 남아 있었다. 닫힌 문과 텅 빈 공간을 보여 주던 열쇠 구멍 앞에 있었다. 그다음 주에 나는 바깥에서 그 방을 보고 싶었고 그래서 외벽 윗부분에 두른 장식을 따라 걸어갔다. 아주 위험한 상태에 노출되어 있었고, 손과 무릎은 꺼칠꺼칠한 돌에 부딪혀 상처를 입었다. 공포를 느끼면서도 나는 지상에서 5미터나 되는 높이에 매달려 있었다. 하지만 커튼이 드리워져 있었기 때문에 아무것도 볼 수 없었다.

다음번에는 공포를 이겨 내고 포스틴, 도라 그리고 알렉이 있는 방으로 들어갈 것이다.

나는 포스틴의 침대 옆 바닥에 깔린 돗자리에 누워 며칠 밤을 보낸다. 그리고 그녀를 내 곁에 두고 있다는 사실에

감격해한다. 하지만 그녀는 우리가 함께 자고 있다는 이 사실을 전혀 알지 못할 것이다.

* * *

혼자 지내는 사람은 기계를 만들 수도, 자기 눈에 현실감을 부여할 수도 없다. 단지 자기보다 더 복 받은 사람들을 위해 그것을 쓰거나 묘사하는, 불완전한 방식을 취하는 수밖에 없다.

나는 기계들을 보기만 해서는 아무것도 알아낼 수 없을 것이라고 생각했다. 신비롭게 밀폐된 그것들은 모렐의 의도대로 작동할 것이다. 그러나 내일이면 확실히 알 수 있을 것이다. 오늘은 지하실에 갈 수가 없었다. 먹을거리를 찾으면서 오후를 모두 보내 버렸기 때문이다.

언젠가 그 영상들이 나타나지 않는다 해도, 내가 그것들을 파괴했을 거라고 믿는 것은 잘못일 것이다. 오히려 그 반대로, 나는 이 일기를 쓰면서 그 영상들을 보존하려고 애를 쓰고 있다. 그 영상들을 위협하는 것은 바다의 침략이나 인구 증가로 인한 유랑민의 침입이다. 도서관에는 내가 과학 연구에 사용할 수 있는 책이 단 한 권도 없다. 그래서 아무리 도서관을 뒤지더라도 결코 내 무지를 바꿀 수는 없다. 내 무지로 그 영상들에 위협을 줄 수도 있다고 생각하면 가슴이 찢어질 듯 아프다.

이 섬, 즉 이 섬에 있는 사람들과 이 섬에 만연한 위험에 관해 자세히 서술하고 싶은 생각은 없다. 왜냐하면 맬서스의 예언은 이미 잊혔기 때문이다. 바다에 관해서 말하자면 나는 커다란 밀물이 올 때마다 이 섬이 모두 바닷물에 잠기지는 않을까 하는 두려움을 느끼게 되었다고 고백해야 할 것이다. 라바울의 어느 술집에서 한 어부가 말하길, 엘리스 군도 또는 '늪의 섬'들은 몹시 불안정하며 어떤 섬들은 사라지고 보지 못했던 다른 섬들이 바다에서 모습을 드러내기도 한다고 했다. (그런데 내가 그 군도에 있는 것이 맞기는 할까? 그 시칠리아 어부와 옴브렐리에리는 내가 그곳에 있다고 믿게 해 주는 근거이다.)

발명품이 발명가를 속일 수도 있다는 사실은 놀랍기 그지없다. 나 역시 영상들이 살아 있다고 믿었다. 그러나 나는 그와 동등한 위치에 있지 않았다. 모렐은 모든 것을 상상했고 모든 것을 목격했으며 작품을 직접 개발한 사람이었다. 반면에 나는 그 기계가 완성되어 이미 작동하는 것만을 보았을 뿐이다.

자신이 만든 발명품에 속은 발명가의 경우는 우리를 놀라게 만들고 동시에 더 용의주도해야 한다는 사실을 일깨워 준다……. 어쩌면 나는 한 인간의 헤아릴 수 없는 특성들을, 모렐의 경우에만 해당되는 특징들을 해석하며 일반화하고 있는지도 모른다.

나는 그가 무의식적으로 인간을 영속화하려고 노력했다는 사실에 박수를 보낸다. 그러나 그는 단지 감각들을 보존하는 데 그치고 말았다. 그리고 자기의 발명품이 불완전하다면서 자기도 모르게 하나의 진실을 예언했다. 그것은 인간이 언젠가 자신의 삶을 만들어 낼 것이라는 사실이다. 그의 작품은 내가 옛날에 들었던 "몸 전체를 살아 있게 보존하려는 것은 쓸모없는 일이다."라는 금언을 확인해 주었다.

논리적으로 추론해 보면 우리는 모렐의 희망을 거부하게 된다. 영상들은 살아 있지 않다. 그러나 내가 보기에는 이 발명품을 출발점으로 해서 영상들이 느끼고 생각하는 것을 확인시켜 줄 수 있는 다른 기계를 만들어 낼 필요가 있다. (아니면 적어도 상영하는 동안 본래의 인물들이 갖고 있던 생각과 느낌을 확인시켜 줄 수 있는 다른 기계를 만들 필요가 있다. 그러나 그들이 생각하고 느끼는 것과 그 의식의 관계는 확인 불가능할 것이 자명하다.) 그 기계는 모렐이 발명한 것과 아주 흡사할 것이며 송신자의 생각과 감정을 목표로 할 것이다. 포스틴과 아무리 멀리 떨어져 있더라도 우리는 그녀의 생각과 시각, 청각, 후각, 촉각, 미각적 감각을 느끼게 될 것이다.

그리고 언젠가는 더 완벽한 기계가 만들어질 것이다. 인생을 살면서 우리가 가졌던 생각과 느꼈던 감정은 기계가 그것을 기록하는 동안 알파벳처럼 될 것이고 그것과 더불어 영상은 모든 경험을 포함하게 될 것이다. (우리가 알파벳으로 모든 단어를 이해하고 쓸 수 있는 것처럼 말이다.) 그러면 인생은 죽음을 위한 저장소가 될 것이다. 그러나 그럴 경우에도 영상은 살아 있지 않다. 근본적으로 새로운 대상은 그 영상에 존재하지 않을 것이기 때문이다. 또한 이미 느꼈거나 생각했던 것 또는 그런 생각이나 느낌 들이 최후에 결합한 것만 있게 될 것이기 때문이다.

시간과 공간을 벗어나서는 아무것도 이해할 수 없다는

사실은 아마도 우리의 삶이 이런 기계로 얻어질 수 있는 사후의 삶과 뚜렷하게 다르지는 않을 것이라는 사실을 시사하고 있는지도 모른다.

모렐의 머리보다 훨씬 더 세련된 지성의 소유자가 발명에 전념할 때면, 그는 아무도 없는 쾌적한 장소를 선택할 것이고 자기가 가장 사랑하는 사람들과 그곳으로 가서 은밀한 천국에서 살려 할 것이다. 만일 영원히 간직할 장면들이 서로 다른 시간에 촬영된다면, 단 하나의 정원도 셀 수 없이 많은 천국을 포함할 수 있을 것이고, 그곳에 사는 사람들은 다른 사람들이 있다는 것을 모른 채 거의 동시에 그리고 같은 장소에서 서로 부딪치지 않으며 움직일 수 있을 것이다. 하지만 불행히도 그런 곳은 깨어지기 쉬운 허약한 천국이 될 것이다. 왜냐하면 영상들은 사람들을 볼 수 없을 것이기 때문이다. 그리고 만일 사람들이 맬서스의 충고를 무시한다면 언젠가 그들은 세상에서 가장 작은 천국만을 필요로 할 것이며 그러면 그곳에 사는 힘없는 사람들을 죽이거나 그들 기계의 전원을 꺼서 그들을 추방할 것이다.*

---

* 〔편집자 주〕 "맬서스여, 오시오, 그리고 키케로 풍의 산문으로/ 얼마나 판에 박힌 인구들이 증가하는지 보여 주시오./ 토양의 산물이 소진되고/ 개구쟁이들이 먹을 것이 없어 죽을 때까지."라는 제사(題詞) 아래 작가는 별로 새롭지도 않은 논거와 답변을 통해 토머스 로버트 맬서스와 그의 『인구론』에 대한 기나긴 사과문을 쓴다. 공간 부족으로 우리는 그 부분을 삭제한다.

* * *

17일 동안 나는 그들을 지켜보았다. 사랑에 빠진 그 어떤 사람이라도 모렐과 포스틴의 행동에서 수상쩍은 점은 발견하지 못했을 것이다.

나는 모렐이 연설문에서 그녀를 언급하고 있다고 생각지 않는다. (비록 그녀는 그 부분에서 유일하게 웃지 않은 사람이었지만.) 그러나 모렐이 포스틴을 사랑하고 있을지도 모른다는 것은 인정하자. 그렇다고 해도 포스틴이 그의 사랑에 화답할 것이라고 어떻게 추정할 수 있겠는가?

만일 우리가 믿지 않으려고 작정한다면 언제든지 그런 회의의 원인을 발견할 수 있다. 영원한 한 주 중의 어느 날 오후 그들은 다정히 팔짱을 끼고 야자나무 숲과 박물관 근처를 산책한다. 친구들 사이의 이런 허물없는 산책에 이상한 점은 없다.

모토인 '오스티나토 리고레(완고한 엄격성)'를 실행에 옮기며 살기로 결심한 터이기에 나는 완벽하게 지켜보았다고 자신 있게 말할 수 있다. 나는 안락함을 추구하지도 예의를 지키려 애를 쓰지도 않았다. 난 일상적으로 시선이 움직일 수 있는 높이뿐만 아니라 테이블 밑까지도 아주 엄격하게 지켜보았다.

어느 날 밤에는 식당에서 그리고 또 다른 날 밤에는 회의실에서 그들의 다리가 서로 스쳤다. 그런 접촉을 사악한 의도의 산물로 평가할 수 있다면, 왜 나는 그것이 순전히 우연일 수도 있는 가능성은 부인해야 하는 걸까?

반복해 말한다. 포스틴이 모렐에게 사랑을 느낀다는 결정적인 증거는 아무것도 없다. 아마도 내 이기심 때문에 그녀가 그럴 것이라고 의심한 것일 수도 있다. 나는 포스틴을 사랑한다. 내게 포스틴은 삶의 이유이다. 난 그녀가 다른 사람을 사랑할까 봐 두렵다. 내 목표는 그녀가 다른 사람을 사랑하지 않는다는 것을 증명하는 것이다. 경찰이 나를 뒤쫓고 있다고 생각했을 때 나는 이 섬의 영상들이 체스 판의 말들처럼 나를 체포하려는 계략에 따라 움직인다고 생각했다.

내가 모렐의 발명품을 널리 알린다면 그는 틀림없이 화를 낼 것이다. 나는 그가 발명품으로 아무리 칭송을 받더라도 분노할 것이라고 믿는다. 포스틴을 포함한 그의 친구들 역시 분노할 것이다. 그러나 포스틴이 모렐을 싫어한다면 (그녀는 다른 사람들과는 달리 모렐이 연설하는 도중에 웃지 않았다.) 어쩌면 내 편이 되어 줄지도 모른다.

모렐은 죽었을지도 모른다는 가정이 아직 남아 있다. 그럴 경우 그의 친구 중 누군가가 그 발명품에 관한 소식을 이미 세상에 퍼뜨렸을 수도 있다. 그렇지 않다면, 신빙성이 매우 떨어지긴 하지만, 집단적 죽음, 즉 전염병이 돌거나 배가 난파되었다고 가정해야만 할 것이다. 그러나 내가 카라카스를 떠날 때 아무도 이런 발명품에 관한 소식을 모르고 있었다는 사실은 도저히 설명할 수가 없다.

단 한 가지 가능한 설명은 아무도 그를 믿지 않았으며 모렐이 미쳤거나 아니면 내가 처음 생각했던 것처럼 그들 모두가 미쳤고 이 섬은 정신병자 수용소였을 것이라는 이야기이다.

하지만 이 설명은 그들이 전염병에 걸려 모두 죽었거나 아니면 배가 난파되어 모두 죽었을 것이라는 추측만큼이나 많은 상상력을 필요로 한다.

내가 유럽이나 미국 또는 일본에 갈 수 있다면 틀림없이 힘든 세월을 보낼 것이다. 내가 유명한 발명가 대신에 '유명한 사기꾼이 되었을 때 모렐은 나를 고소했을 것이고 그러면 카라카스에서 나를 체포하라는 지시가 날아왔을 것이다. 무엇보다도 가장 슬픈 일은 그 미친 사람의 발명품 때문에 내가 위험한 상황에 처하게 되었을지도 모른다는 사실일 것이다.

그러나 나는 도망칠 필요가 없다는 사실을 인정해야 한다. 영상들과 함께 사는 것은 행운이다. 만일 추적자들이 섬에 온다 해도, 그들은 도저히 가까이 할 수 없는 이런 기적과도 같은 사람들을 보고 나에 관해서는 잊어버릴 것이다. 그러므로 나는 여기에 있을 것이다.

만일 내가 포스틴을 찾아낸다면, 사랑과 절망에 빠져 그녀의 영상 앞에서 수없이 되풀이했던 말을 하면서 그녀를 웃게 할 것이다. 그러나 나는 이런 생각은 절대로 해서는 안 될 악이라고 생각한다. 나는 단지 경계를 설정하기 위해 그리고 이 생각이 전혀 매력적이지 않고 잊어야 할 것임을 알기 위해 그것을 글로 적어 두었다.

* * *

영원히 반복된다는 것이 관객에게는 끔찍한 것일 수도 있지만 그 안에서 사는 사람에게는 매우 마음에 드는 일이다. 나쁜 소식과 전염병에서 벗어나 그들은 마치 모든 일이 처음 일어나는 것처럼 영원히 살아간다. 그들은 과거에 일어났던 일들은 아무것도 기억하지 못한다. 게다가 조수의 주기적 순환으로 상영이 정기적으로 중단되기 때문에 반복이란 그리 무자비한 것도 아니다.

이제 반복되는 삶을 보는 데 익숙해진 나는 내 삶도 돌이킬 수 없는 우연이라는 사실을 발견한다. 내 상황을 바꾸겠다는 계획은 부질없는 생각이다. 나는 다음을 기약할 수 없으며, 매 순간 그 자체가 유일한 것이고 서로 다른 것이다. 그리고 게으름 때문에 나는 수많은 순간을 잃어버리고 있다. 물론 영상들에게도 다음이라는 것은 존재하지 않는다. 매 순간은 영원한 그 주가 기록되었을 때의 양식을 따르기 때문이다.

우리의 삶은 그 영상들의 한 주와 같으며 다음 세상에서 반복될 것이라고 생각할 수도 있다.

* * *

내 약점에 굴하지 않은 채 나는 내가 포스틴의 집에 들어설 때의 감격적인 순간을 상상한다. 그녀는 내 이야기에 관심을 기울일 것이고 그런 상황은 우리의 우정을 돈독하게 만드는 데 도움을 줄 것이라고 믿는다. 아마도 나는 마침내 포스틴, 그러니까 내 인생의 필요한 휴식으로 가는 길고도 험난한 여정 가운데 있게 된 것 같다.

하지만 포스틴은 어디에 살고 있는 걸까? 나는 몇 주 동안이나 그녀를 쫓아다녔다. 그녀는 캐나다에 관해 말했다. 그것이 내가 아는 전부이다. 하지만 난 또 다른 의문이 있는데, 그 의문은 나를 공포로 가득 차게 만든다. 그것은 바로 포스틴이 살아 있느냐는 것이다.

어디에 살고 있는지도 모르고 살아 있는지도 모르는 사람을 찾는다는 생각이 내게 너무나 가슴 아프고 감상적으로 느껴지는 것은 아마도 포스틴이 내 목숨보다도 더 소중한 존재이기 때문일 것이다.

그런데 내가 그녀를 찾아 여행을 떠날 수 있을까? 배는 이미 썩었다. 나무들도 썩었다. 나는 다른 종류의 나무들, 가령 나무 의자나 나무 문으로 배를 만들 수 있을 정도로 훌륭한 목수가 아니다. 사실 나무로 그런 배를 만들 자신도 없다. 배가 지나가길 바라는 수밖에 다른 방법이 없다. 그러나 그것은 내가 원하는 것이 아니다. 그러면 아무도 모르게 돌아갈 수 없기 때문이다. 나는 여기에서 모렐의 배를 제외한 그 어떤 배도 보지 못했다. 그러나 그것은 배의 영상일 뿐이다.

게다가 내 여행의 목적지에 도착해서 포스틴을 찾아낸다 해도, 나는 내 인생에서 경험하지 못한 가장 힘든 상황에 처하게 될 것이다. 설명할 수 없는 상황 아래에서 그녀에게 단둘이 이야기를 나누자고 부탁해야 할 터이다. 그리고 그녀는 나를 알지 못하기 때문에 아마도 나를 의심할 것이다. 그러면 나는 내가 그녀의 삶의 일부를 지켜본 사람이라는 사실을 알려 주고, 그녀는 내가 정직하지 못한 방법으로 그것을 이용하고 있다고 생각할 것이다. 또한 내가 사형수라는 것을 알게 되면 그녀는 자기가 가장 두려워하던 것이 사실이었다고 여길 것이다.

전에는 특정한 행동이 내게 행운을 가져다줄 것인지 아니면 불행을 가져다줄 것인지 따위는 전혀 생각지 않았다. 지금 이 밤 포스틴의 이름을 되뇌인다. 물론 나는 그녀의 이름을 부르고 싶다. 피로로 탈진하기 일보 직전이지만 아직도 그녀의 이름을 반복해서 부르고 있다. (가끔씩 나는 잘 때 병자처럼 욕지기를 느끼며 고민에 사로잡힌다.)

* * *

좀 더 마음이 가라앉으면 이곳을 떠날 방법을 찾을 것이다. 하지만 지금은 내게 일어났던 일들을 적으면서 생각을 정리하는 것이 우선이다. 그리고 내가 죽어야만 한다면 이 일기가 내가 겪었던 고통이 얼마나 잔인했는지를 알려 줄 것이다.

어제는 영상들이 나타나지 않았다. 활동을 중지한 비밀스러운 기계들 앞에서 어쩔 줄 몰라 하며 나는 다시는 포스틴을 보지 못할 것이라는 불길한 예감에 사로잡혔다. 그러나 오늘 아침 다시 바닷물이 밀려오기 시작했다. 나는 영상들이 나타나기 전에 서둘러 기계들이 있는 지하실로 달려가서 그것들이 어떻게 작동하는지 살펴보려 했다. (그 것은 밀물에 휩쓸리지 않기 위해서 그리고 기계가 고장 날 경우 수리하기 위해서였다.) 기계들이 작동하는 것을 보면 그 것들을 이해할 수 있을 것이고 아니면 적어도 그 구조가 어떤지 감을 잡을 수는 있을 것이라고 생각했다. 그러나 이런 희망은 이루어지지 않았다.

나는 내가 벽에 뚫어 놓은 구멍을 통해 동력 장치가 있는 곳으로 들어가 그곳에서……. (나는 지금 감정에 휘말리고 있다. 조심스럽고 침착하게 이 글을 써 내려가야 한다.) 내가 처음 그곳에 들어갔을 때와 마찬가지로 놀라움과 흥분이 교차했다. 나는 남색의 고요한 강바닥을 걸어가고 있다는 인상을 받았다. 나는 뚫어 놓은 구멍을 향해 등을 돌리고 그곳에 앉아서 기다렸다. 진한 남색 타일들 사이에서 그 구멍을 보자 몹시 괴로웠던 것이다.

나는 타일의 아름다움에 취해 잠시 그렇게 있었다. (지금은 그랬다는 사실이 도무지 믿기지 않는다.) 그런데 갑자기 초록색 기계들이 움직이기 시작했다. 나는 그것들을 물 펌프와 발전기와 비교해 보았다. 그것들을 자세히 살펴보았고 그것들의 소리를 들었으며 조심해서 만져 보았다. 하지만 아무 소용도 없었다. 내 탐사는 불필요했다. 왜냐하면 내가 그 기계들을 이해할 수 없을 것이라는 사실을 즉시 깨달았기 때문이다. 마치 누군가가 나를 보고 있는 것 같아서 그리고 급히 지하실로 내려와 그 순간을 열렬히 기다렸지만 결국은 소용없다는 것을 깨닫고는 느꼈던 수치심과 당황스러움을 숨기기 위해 그런 행동을 했던 것뿐이다.

나는 피로를 느끼면서 다시 흥분하고 있는 자신을 발견했다. 흥분을 가라앉혀야만 한다. 흥분을 억누르지 않으면 이곳을 빠져나갈 방법을 절대로 찾지 못할 것이다.

　이제 내게 무슨 일이 있었는지 정확히 말해 주려 한다. 나는 고개를 숙인 채 뒤돌아서 걸었다. 하지만 벽이 보였을 때 나는 당황한 나머지 방향을 잃었다는 걸 알았다. 나는 내가 뚫어 놓았던 구멍을 찾았다. 그러나 구멍은 그곳에 없었다.

　나는 이것이 다만 흥미로운 시각적 환영일 뿐이라고 생각하며 한쪽으로 비켜서서 그런 현상이 계속되는지를 지켜보았다. 나는 장님처럼 팔을 내밀고 모든 벽을 만져 보았다. 그리고 내가 구멍을 뚫을 때 떨어졌던 타일과 벽돌 조각들을 바닥에서 주웠다. 구멍이 있던 곳을 오랫동안 만지고 또 만져 본 결과 나는 그 벽이 보수되었다는 사실을 받아들여야만 했다.

　그 방의 남색 광채에 내가 그토록 홀릴 수가 있었을까? 미장이가 벽을 보수하는 소리를 듣지 못할 정도로 동력 장치의 작동에 그토록 관심을 쏟은 걸까?

　나는 더 가까이 다가갔다. 귀에서 타일의 차가운 기운이 느껴졌고 끝없는 침묵이 흘렀다. 마치 벽 너머가 사라진 것 같았다.

　내가 벽을 부수는 데 썼던 쇠 막대기가 바닥에 있었다. 그곳에 처음 들어와서 떨어뜨려 놓은 곳에 그대로 있었다. 그때 나는 내 상황을 인식하지도 못한 채 애처롭게 말했다. "아무도 보지 못했으니 그나마 다행이야. 만일 그들이 보았다면 내가 모르게 그걸 가져갔을 거야."

나는 온전한 것처럼 보이는 벽에 다시 귀를 갖다 댔다. 침묵의 분위기가 지속되자 안심하고는 내가 구멍을 뚫었던 지점을 찾았고 그곳을 다시 가볍게 두드리기 시작했다. 새로 입힌 회반죽이 오래된 회반죽보다 훨씬 부수기 쉬울 것이라고 생각했다. 한참을 두드렸지만 시간이 지날수록 절망감만 커져 갔다. 타일은 끄떡도 하지 않았다. 나는 더욱 세게 그리고 격렬하게 내리쳤고 그 소리는 방 안에 크게 울려 퍼졌다. 하지만 표면에는 금조차 가지 않았고 반들반들한 남색 타일에서는 조그만 조각조차 떨어지지 않았다.

나는 잠시 휴식을 취하면서 마음을 가라앉혔다.

그리고 다른 쪽 벽으로 옮겨 가서 다시 내리치기 시작했다. 그러자 조그만 타일 조각들이 떨어졌고 곧 이어 커다란 조각이 떨어지기 시작했다. 나는 땀으로 뒤범벅이 되어 제대로 보이지도 않는 눈으로 마구 벽을 내리쳤다. 빨리 구멍을 뚫어야 한다는 생각은 쇠 막대기의 무게보다 더 무겁고 컸다. 나는 계속해서 탕탕 쳤지만 벽은 꿈쩍도 하지 않은 채 그대로였다. 기운이 빠진 나는 마침내 울면서 바닥에 주저앉고 말았다. 우선 나는 타일 조각들을 들여다본 후에 만져 보았다. 한쪽은 반들반들했지만 다른 쪽은 거칠고 흙이 묻어 있었다. 그때 너무나도 빛나서 덧없고 초자연적으로 보이던 광경 속에서 내 눈은 남색 타일이 전혀 상하지 않은 채 닫힌 방 안의 모든 벽을 장식하고 있음을 보았다.

나는 다시 탕탕 벽을 치기 시작했다. 몇몇 부분에서 타일이 깨져 떨어졌지만 분명한 눈으로건 흐릿한 눈으로건 그 어떤 종류의 구멍도 발견할 수 없었다. 사실상 눈 깜짝할 사이에 벽은 원래 상태로 되돌아갔고 내가 구멍을 뚫었던 곳에서 발견한 것처럼 아무 흔적도 없는 단단한 벽이 되었던 것이다.

나는 소리를 지르기 시작했다. "살려 줘!" 몇 차례 벽을 친 뒤에 다시 주저앉고 말았다. 바보처럼 울컥 눈물이 솟구쳤고 이내 얼굴에서 따뜻한 무언가를 느낄 수 있었다. 나는 마법에 걸린 장소에 갇혔다는 두려움에 사로잡혔고, 마법적 현상이 그런 것을 믿지 않는 나 같은 사람, 그러니까 그런 현상을 전할 수 없는 인간에게 나타나서 복수를 하는 것이라는 막연한 생각에 휩싸였다.

끔찍한 남색 벽에 시달리면서 나는 눈을 들어 채광창을 보았다. 오랫동안 아무 생각도 없이 삼목나무의 가지를 바라보았다. 그러다가 이내 두려움에 사로잡혔다. 한 나뭇가지에서 다른 나뭇가지가 뻗어 나와 두 개가 되더니, 마치 귀신처럼 두 가지가 유순하게 포개져 다시 하나의 나뭇가지가 되었던 것이다. 나는 큰 소리로 말했다. 아니, 아주 분명하게 생각했다. '난 여기서 나갈 수 없을 거야. 난 마법에 걸린 곳에 갇혔어.' 이런 생각을 하니 창피한 마음이 들었다. 농담을 너무 심하게 한다는 생각이 들었던 것이다. 그때 나는 모든 것을 깨달았다.

포스틴, 수족관의 물고기, 두 개의 태양 중 하나의 태양, 두 개의 달 중 하나의 달, 벨리도르가 쓴 책, 이런 것들과 마찬가지로 이 벽도 기계가 투영한 영상이다. 그것은 미장이가 만든 벽과 일치한다. (그것은 기계들이 찍은 벽이며 나중에 그것 위에 투영된 것이다.) 내가 첫 번째 벽을 부수었던 곳 또는 제거했던 곳에 투영된 것이 존재하고 있다. 그것은 영상이기 때문에 동력 장치가 작동하는 동안에는 그 어떤 힘으로도 뚫거나 제거할 수 없다.

내가 첫 번째 벽을 완전히 부숴 버리면 동력 장치가 작동하지 않을 경우 기계실은 훤히 보이게 될 것이다. 그러면 그것은 더 이상 방이 아니라 방의 구석이 될 것이다. 그러나 동력 장치가 작동하면 벽은 다시 나타날 것이고 그것은 뚫을 수 없을 것이다.

모렐은 자기의 불멸성을 유지해 주는 이 기계들에 그 누구도 다가갈 수 없도록 이중벽 보호 장치를 고안했던 것이 틀림없다. 그러나 조수에 대한 연구가 완벽하지 못했기 때문에 (아마도 다른 태양력을 사용해서 만들었을 것이다.) 그는 동력 장치가 쉬지 않고 작동할 것이라고 생각했다. 틀림없이 그는 지금까지 이 섬을 잘 보호해 주고 있는 그 유명한 전염병을 발명한 사람일 것이다.

문제는 이 초록색 발동기를 어떻게 멈추게 하는지를 알아내는 것이다. 아마도 전원 스위치는 어렵지 않게 찾을 수 있을 것이다. 불을 켜는 기계 장치와 물 펌프를 작동시키는 법을 배우는 데는 하루밖에 안 걸렸다. 그러니 여기서 나가는 것이 그리 어려운 문제는 아닐 것이다.

채광창은 나의 구세주이다. 아니, 구세주가 될 것이다. 왜냐하면 나는 철저한 절망의 상태에서 모든 것을 체념한 채 굶주림에 지쳐 죽지는 않을 것이기 때문이다. 나는 뒤에 남겨 둔 사람들에게 경의를 표하면서 죽지는 않을 것이다. 바다 밑바닥의 잠수함에서 질식의 위험에 직면하자 고결한 체하며 관료적인 자세로 고뇌하던 일본인 선원처럼 행동하지는 않을 것이다. 나는 《새로운 신문》에서 잠수함에서 발견된 그의 편지를 읽었다. 그 선원은 죽음을 기다리면서 천황과 장관들 그리고 해군 제독들을 계급 순서대로 열거했다. 그리고 그는 "이제 코에서 피가 나온다.", "고막이 터진 것 같다."와 같은 말을 덧붙였다.

이런 것들을 자세히 기술하면서 나는 새삼 살아 있음을 느꼈다. 그 선원과 같은 종말을 맞이하고 싶지는 않았다.

내가 오늘 느낀 공포와 두려움은 내 일기에 기록되어 있다. 난 상당히 많은 글을 썼다. 긴 앞날을 계획하면서 죽어 가는 사람이나 아니면 물에 빠져 죽는 순간에도 자기 전 생애의 그림을 자세히 바라보는 사람과 내 경우를 비교하면서 억지로 유사성을 찾는 것은 백해무익하다. 인생의 마지막 순간은 모든 것이 헛갈린 채 빨리 흘러가야만 한다. 죽음의 순간과는 너무나 멀리 떨어져 있기 때문에 우리는 그 순간을 흐릿하게 만드는 그림자들을 상상할 수 없다. 이제 나는 글쓰기를 멈추고 차분한 마음으로 어떻게 이 동력 기관을 멈출 것인지 그 방법을 찾는 데 전념할 것이다. 그러면 마술처럼 그 구멍이 다시 보일 것이다. 그렇지 않으면 (비록 포스틴을 영원히 잃어버린다 해도) 내가 벽에 구멍을 냈을 때처럼 쇠 막대기를 들고 기계를 내리칠 것이고 그것을 부술 것이다. 그러면 마술처럼 구멍이 다시 생길 것이고 나는 밖에 있게 될 것이다.

* * *

아직도 나는 동력 기관을 멈추지 못했다. 머리가 아프다. 갑자기 신경이 날카로워진다. 그러나 이내 마음의 평정을 되찾았다. 그러다 조금씩 다가오던 잠에서 깨어났다.

조금이라도 바깥 공기를 마실 수 있다면 이 문제를 곧 해결할 수 있을 것이라는 생각이 들었다. 물론 그것은 내 착각이다. 난 채광창을 부수려고 했다. 하지만 내 주위에 있는 모든 것처럼 그것 역시 끄떡도 하지 않았다.

나는 내 어려움이 졸음이나 공기 부족에서 생기는 것이 아니라고 마음속으로 되뇌였다. 이 동력 기관은 여타의 동력 기관과는 아주 다른 것이 분명하다. 모렐이 이 섬에 오는 그 누구도 그것을 이해할 수 없게 설계했다고 가정하는 것은 그리 틀리지 않은 것처럼 보인다. 그러나 그 초록색 동력 장치를 제대로 다룰 수 없는 것은 그것이 다른 동력 기관과는 근본적으로 매우 다르기 때문이다. 하지만 난 그 어떤 동력 기관도 이해할 수 없기 때문에 작동 방법이 더 어렵다는 따위는 문제가 되지 않는다.

모렐의 영원성은 바로 계속해서 움직이는 동력 기관에 달려 있다. 그것은 아주 견고할 것이다. 그러므로 그것을 산산조각 내고 싶은 충동은 자제해야 한다. 그런 충동은 내 힘과 공기만 낭비하게 만들 것이다. 자제하기 위해 나는 글을 쓴다.

만일 모렐이 동력 기관을 녹화하려는 생각을 했다면……

* * *

마침내 나는 죽음에 대한 공포로 내가 무지하다는 막연한 믿음에서 해방되었다. 나는 돋보기를 통해 동력 기관을 살펴보았던 것 같다. 그러자 동력 기관은 아무 의미도 없는 쇳덩이로 보이는 것이 아니라 여러 형태를 지닌 정돈되고 체계적인 것으로 보였다. 그때 나는 그 기계에 달린 장치들의 용도가 무엇인지를 깨달았다.

난 기계의 전원을 껐다. 그리고 밖으로 나갔다.

기계실에서 나는 이미 언급한 물 펌프와 빛을 만드는 발전기 이외에도 다음과 같은 것들을 발견했다.

1. 저지대에 있는 수차 바퀴와 연결된 전선들.
2. 각종 고정 수신기와 녹음기 그리고 요소 요소에 배치된 다른 기계들, 즉 섬 전체를 향해 작동하는 기계들과 연결된 영사기.
3. 세 개의 휴대용 기계들, 즉 때때로 뜬금없이 영상을 상영할 때 사용되는 수신기와 녹음기와 영사기.

그리고 가장 중요한 동력 기관이라고 생각했지만 결국 연장 상자에 지나지 않았던 것에서 몇 개의 불완전한 도면을 발견했다. 좀처럼 이해하기 힘들었던 그 도면들이 내게 도움을 주었는지는 의심스럽다.

나는 그런 것을 즉시 간파하지 못했다. 그 전의 마음 상태는 다음과 같았다.

1. 절망감.
2. 배우이자 관객이라는 이중 역할을 수행하고 있다는 느낌. 나는 연극에서 바다 밑바닥의 잠수함에서 죽음을 기다리는 사람의 역할을 맡고 있다는 생각으로 가득했다. 나는 마음을 가라앉히고 고상한 태도를 취했지만 마치 주인공처럼 머릿속은 혼란스러웠다. 그런 상태로 나는 많은 시간을 허비했다. 그 방을 나왔을 때는 이미 밤이었고 먹을 수 있는 뿌리를 찾기에는 너무나 어두웠다.

* * *

먼저 나는 갑작스럽게 영상이 상영될 때 사용되던 수신기와 영사기를 켰다. 꽃과 나뭇잎 그리고 파리와 개구리에 초점을 맞추었다. 그것들이 동일한 모습으로 재생되어 나타나는 것을 보자 온몸에서 전율이 느껴졌다.

그런 다음 경솔한 짓을 했다.

수신기 앞에 내 왼손을 놓았던 것이다. 그리고 영사기를 켜자 내 손이 나타났다. 정확히 내 손이었다. 내가 그 손을 녹화했을 때처럼 그것은 천천히 움직였다.

이제 그것은 박물관에 있는 다른 물건 또는 다른 동물과 같아졌다.

나는 내 손이 사라지지 않도록 계속 영사기를 돌렸다. 그 모습은 그다지 불쾌하지 않았다. 오히려 매우 색다른 느낌이었다.

어떤 면에서 그 손은 주인공에게 끔찍한 위협이 될 수도 있었다. 하지만 실제로 그 손이 어떤 해를 끼칠 수 있겠는가?

* * *

피사체가 되었던 식물들, 그러니까 꽃과 나뭇잎은 대여섯 시간 만에 죽었다. 개구리는 열다섯 시간 만에 죽었다.

하지만 사본들은 오래도록 존재했다. 그것들은 썩지 않았다.

나는 어느 것이 진짜 파리이고 어느 것이 인공적으로 만들어 낸 파리인지 모른다.

아마 꽃과 나뭇잎은 물을 주지 않아 죽은 것 같다. 나는 개구리에게 먹을 것을 조금도 주지 않았다. 개구리 역시 환경 변화로 많은 고통을 받았음에 틀림없다.

내 손에 나타난 효과는 기계 자체가 만들어 낸 결과가 아니라 아마도 기계에 대한 내 두려움 때문에 생긴 결과가 아닐까 의심해 본다. 아직도 희미하지만 계속해서 손이 뜨겁다는 느낌이 든다. 피부가 약간 벗겨졌다. 어젯밤에는 제대로 잠을 잘 수 없었다. 나는 내 손에 끔찍한 변화가 생기는 장면을 상상했다. 손을 긁었더니 쉽게 산산이 부서지는 꿈을 꾸었다. 아마도 내 손이 상처를 입은 것 같다.

* * *

　도저히 하루를 더 보낼 수가 없었다.

　처음에 나는 모렐의 연설문에 담긴 한 구절에 호기심을 느꼈다. 그리고 무언가를 발견했다고 믿으면서 즐거워했다. 어떻게 그 발견이 적절하면서도 불길한 또 다른 것으로 바뀌었는지 나는 모른다.

　나는 당장 목숨을 끊지는 않을 것이다. 의식이 명료할 때면 나는 내 죽음을 하루 더 연장시키고 싶어진다. 어리석음과 열정(또는 절망)의 놀라운 결합의 증거를 남기기 위해서이다. 아마도 내 생각이 일단 글로 옮겨지면 그 결합은 힘을 잃어버릴 것 같다.

　내 호기심을 자극한 모렐의 연설문 중 한 구절은 아래와 같다.

　"우선 따분하고 불쾌한 이 사건에 대해 여러분에게 용서를 구하고 싶습니다."

　왜 불쾌하다는 걸까? 그것은 그들이 아무런 통고도 받지 못한 채 촬영당했다는 소식을 들을 것이기 때문이다. 당연히 자신의 생애 중 한 주가 낱낱이 영원히 기록되었다는 것을 안다는 것, 특히 그런 일이 벌어진 다음에 안다는 것은 그리 유쾌한 일이 아닐 것이다.

　나는 어느 순간에 이런 생각도 했다. 그 사람들 중 하나가 무시무시한 비밀을 가지고 있다. 모렐 역시 그 비밀을 알아내거나 그것을 밝혀내려고 계획한 것일지도 모른다.

　우연히 나는 몇몇 부족이 자기들의 모습이 재생되는 것

을 두려워한다는 사실을 떠올렸다. 그들은 어떤 사람의 모습이 재생되면 영혼이 그 영상으로 전이되어 그 사람은 죽고 만다고 믿는다.

모렐이 친구들의 동의 없이 그들을 촬영했다는 사실에 몹시 걱정했다는 사실을 떠올리자 너무나 즐거웠다. 그런 구식 두려움이 나와 동시대인이자 지식인인 그의 마음속에 아직도 남아 있음이 분명했기 때문이다.

나는 그 문장을 다시 읽었다.

"우선 따분하고 불쾌한 이 사건에 대해 여러분에게 용서를 구하고 싶습니다. 우리는 그걸 잊어야 합니다!"

이 마지막 말은 무엇을 의미하는 걸까? 이내 그들이 그 사실을 눈감아 줄 것이라는 말일까? 아니면 더 이상 그것을 기억할 수 없을 것이라는 말일까?

스토에버와의 말다툼은 굉장했다. 스토에버의 의심은 내 의심과 같다. 어떻게 내가 그 사실을 이해하는 데 그토록 오랜 시간이 걸렸는지 알 수가 없다.

그것 이외에도 재생된 모습들이 영혼을 지닌다는 가정은, 기계가 송신자들의 모습을 찍는 순간 그들이 영혼을 잃는다는 사실을 전제로 한다. 모렐 자신이 이렇게 말한다. "영상이 영혼을 가질 수 있다는 가정은 송신자로 사용된 사람이나 동물 또는 식물을 보여 주는 내 기계의 결과에 의해 확인되는 것 같습니다."

자기가 희생시킨 사람들에게 이런 말을 할 수 있는 인물은 틀림없이 거만하고 위압적이며 대담한 정신을 소유한 사람이다. 그런 태도는 종종 비양심과 혼동될 수도 있다.

하지만 그런 극악무도함은 자기 자신의 생각에 따라서 집단적 죽음을 조직하고 스스로 자기 친구들의 공동 운명까지 결정하는 사람의 성격과 일치한다.

그런데 그의 의도는 무엇이었을까? 친구들이 거의 모두 모인 자리를 이용하여 일종의 사적인 천국을 만드는 것이었을까? 아니면 내가 아직도 헤아리지 못하는 다른 이유가 있는 것일까? 만일 그렇다면 내 관심은 끌지 못하는 일일 수 있다.

이제 나는 나무라 순양함에 피격되어 침몰한 배에 승선했던 죽은 선원들이 누구인지 알 수 있다. 이 섬에서 발생한다는 치명적인 전염병에 대한 소문이 사실임을 확인시켜 주기 위해 모렐이 자신과 친구들의 죽음을 이용한 것이다. 그리고 그 소문을 퍼뜨려 자기가 만들어 낸 기계들과 불멸성을 보호했던 것이다.

내가 사리에 맞게 추측하는 이런 모든 것은 포스틴이 죽었으며 그녀가 단지 영상으로만 존재한다는 것을 의미한다. 난 그런 영상 때문에 존재하는 것이 아니다.

* * *

그때 내게 삶은 참을 수 없는 것이 되었다. 포스틴과 함께 있는 듯하면서 실제로는 멀리 떨어져 있다는 고통과 괴로움 속에서 어떻게 계속 살아갈 수 있단 말인가? 어디에서 그녀를 찾을 수 있단 말인가? 이제는 이 섬에 없는 포스틴은 머나먼 과거의 꿈과 몸짓 속에서 사라졌다.

일기의 첫 페이지에서 나는 이렇게 말했다.

"나는 이 종이가 유서가 되고 있다는 사실에 불쾌감을 느낀다. 그러나 만약 그것이 어쩔 수 없는 것이라면, 내 진술서가 진실임이 확인될 수 있도록 최선을 다할 것이다. 그래야 사람들이 언젠가 내가 사기로 고소되었다는 것을 알더라도 부당하게 사형을 선고받았다는 내 말이 거짓이 아님을 믿을 것이기 때문이다. 난 레오나르도 다빈치의 모토인 '오스티나토 리고레'를 충실하게 따르려고 애쓸 것이다."*

나는 눈물과 자살이라는 비참한 운명을 지닌 사람이지만 그 모토를 잊지 않을 것이다.

실수를 고치고 전에는 이해하지 못했던 것을 명확하게 설명하면서 내 일기를 완성해야만 한다. 그래야만 처음부터 나를 이끌었던 정확함이라는 이상과 내 독창적인 서술 사이의 간극을 메울 수 있을 것이다.

조수: 나는 벨리도르(베르나르 포레스트 데 벨리도르)의 조그만 책자를 읽었다. 그것은 조수에 관한 개괄적인 설명으로 시작한다. 솔직히 말하자면 이 섬의 조수 간만의 주기는 이 책의 설명을 따르는 것이지 내가 만들어 낸 법칙에 따르는 것이 아니다. 물론 내가 한 번도 조수에 관해 공부한 적이 없다는 것을 염두에 두어야 한다. (아마도 학

---

* [편집자 주] 이 글은 원고의 첫 페이지에 나오지 않는다. 기억 상실로 인한 생략일까? 우리가 그걸 알 수 있는 방법은 없다. 그래서 의심을 야기하는 모든 곳에서 그랬던 것처럼 우리는 비판의 위험이 따를지라도 원본에 충실하고자 한다.

교에서 배웠을지도 모른다. 그러나 내가 다닌 학교에서는 공부하는 학생이 아무도 없었다.) 그리고 나는 그것이 내게 중요성을 띠기 시작했을 때에야 비로소 이 일기의 전반부에서 조수에 대해 묘사했다. 내가 언덕 위에서 살았을 때에 조수는 내게 전혀 위협적인 존재가 아니었다. 비록 내가 그것을 보고 흥미를 느꼈을 수는 있겠지만 그런 것을 자세히 관찰할 시간은 없었다. (그때 나는 다른 위험들에 관심을 갖고 있었다. 당시는 거의 모든 것이 위험했다.)

벨리도르에 의하면 매달 두 번씩, 그러니까 보름달과 초승달이 뜰 때 한사리가 일어난다. 그리고 반달일 때 소조(小潮)가 발생한다.

가끔씩 보름달이나 초승달이 뜨고 일주일이 지난 뒤에 강한 비바람에 의해 기상학적 조수가 일어나기도 한다. 그래서 나는 틀림없이 일주일에 한 번씩 커다란 밀물이 온다고 생각하는 오류를 범했던 것 같다.

매일 일어나는 조수가 불규칙한 이유: 벨리도르에 의하면 조수는 상현달이 뜨는 시기에 매일 50분씩 늦어지고 하현달이 뜨는 시기에 매일 50분씩 빨라진다. 그러나 이 이론은 이 섬에는 정확하게 적용되지 않는다. 나는 조석 현상이 매일 15분에서 20분 정도씩 변했다고 생각한다. 물론 내게는 시간을 측정할 수 있는 도구가 없지만 이런 겸허한 관찰 결과를 내놓는다. 아마도 언젠가 과학자들이 이런 조석 현상을 연구해서 더 유용한 결론을 세상에 내놓을 것이다. 그러면 나도 그 현상들을 더 잘 이해하게 될 것이다.

이번 달에는 상당히 커다란 규모의 한사리가 잦았다. 두

번은 달에 의한 것이었고 나머지는 기상학적인 것이었다.

인물들의 출현과 사라짐, 첫 출현과 그 후: 기계들은 영상을 투사한다. 간만의 차를 이용한 동력이 기계를 작동시킨다.

비교적 오래 지속되던 소조 후에 저지대에 있는 수차에까지 이르는 조수들이 계속해서 발생했다. 그러면 기계들이 작동하기 시작하고 영원히 울려 퍼지는 레코드는 멈추었던 부분에서 다시 돌아가기 시작한다.

만일 모렐의 연설이 그 주의 마지막 날 밤에 있었다면 영상의 첫 번째 출현은 셋째 날 밤에 있었음에 틀림없다.

첫 번째 출현이 있기 이전의 오랜 기간 동안 그것들이 나타나지 않은 것은 아마도 조수 간만의 체계가 태양이 뜨는 시기와 더불어 바뀌었기 때문인 것 같다.

두 개의 태양과 두 개의 달: 일 년 내내 그 한 주가 반복되기 때문에 태양들과 달들이 서로 일치하지 않는 경우가 종종 생긴다. 그것은 섬의 날씨가 따뜻해도 그곳에 사는 사람은 추위를 느끼는 것과 같으며, 악취가 풍기는 물속에서 수영을 하고 폭풍우가 몰아치는 중에도 수풀 속에서 춤추는 것과 같다. 만일 발전기와 영사기가 있는 부분을 제외한 나머지 섬 전체가 물에 잠긴다 해도 영상들과 박물관 그리고 섬 자체는 계속 나타날 것이다.

최근 며칠 동안 너무나 더웠던 게 그 장면이 촬영되던 날의 기온이 지금의 온도에 덧붙여진 탓인지는 알 수 없다. *

나무와 다른 식물들: 기계가 녹화했던 것들은 이제 모두 시들어 버렸다. 그러나 녹화하지 않은 한해살이 식물과 새

로운 나무들은 울창하게 자태를 뽐내고 있다.

작동하지 않았던 스위치, 도저히 열 수 없었던 빗장, 움직일 수 없었던 커튼: 내가 이전에 문에 관해 말했던 것이 스위치와 빗장에도 그대로 적용된다. 장면이 투영되면 모든 것은 녹화하던 때와 똑같이 나타난다. 그리고 커튼 역시 같은 이유로 움직일 수 없다.

불을 끄는 사람: 포스틴의 방 맞은편 방의 불을 끈 사람은 모렐이다. 그는 그곳으로 들어가 잠시 침대 앞에 머문다. 독자는 내가 포스틴이 불을 끄는 꿈을 꾸었다는 것을 기억할 것이다. 모렐과 포스틴을 혼동한 것을 생각하면 나 자신이 한심하기 그지없다.

찰리, 불완전한 환영들: 처음에 나는 그들을 발견할 수 없었다. 이제 난 그들의 레코드를 찾았다고 생각한다. 그러나 그것들을 틀지는 않을 것이다. 그들은 내 평정을 깨뜨리고 나를 고통스럽게 만들 것이다. 또한 앞날의 상황에도 적당하지 않다.

식료품 저장실 앞에서 보았던 스페인 사람들: 그들은 모렐의 하인들이다.

지하실, 수많은 거울이 달린 칸막이 : 나는 그것들이 시각적, 청각적 실험을 위해 사용된다고 설명하는 모렐의 말

---

* 〔편집자 주〕 나는 두 개의 온도가 더해진다는 이론이 반드시 거짓이라고는 생각지 않는다. (가령 조그만 히터도 여름에는 참을 수 없는 더위를 느끼게 한다.) 하지만 이것이 진정한 이유라고는 믿지 않는다. 작가가 섬에 머물 때는 봄이었고 영원한 일주일은 여름에 촬영되었다. 따라서 영사기가 작동하는 동안 그것은 여름의 온도를 반사한다.

을 들었다.

스토에버가 읊었던 프랑스 시구 : 나는 그 구절을 적어
두었다.

Âme, te souvient-il, au fond du paradis,

De la gare d'Auteuil et des trains de jadis.

내 사랑이여, 천국의 바닥에서 당신을 기억할 겁니다.

오테유 역과 옛날의 기차를.

스토에버는 그것이 베를렌의 시구라고 나이 많은 여자에
게 말했다.

이제 내 일기에 설명하지 않은 것은 하나도 없다.* 사실
거의 모든 것을 이해할 수 있다. 이제 나머지 부분은 그
어떤 놀라운 것도 지니고 있지 않다.

* * *

나는 모렐의 행동을 설명하려 한다.

포스틴은 그와 함께 있는 것을 원하지 않았다. 그러자
그는 그 주에 자기 친구들을 모두 죽일 계획을 세웠다. 포
스틴과의 불멸을 이루기 위해서였다. 그것은 인생의 모든

---

* 〔편집자 주〕가장 믿을 수 없는 것이 아직 하나 남아 있다. 그것은
동일한 공간 속에 하나의 대상과 그것의 전체 영상이 동시에 존재한다
는 것이다. 이런 사실은 이 세상이 전적으로 감각에 의해서만 구성되
었을 수도 있다는 가능성을 제시한다.

가능성을 포기하는 것에 대한 대가였다. 그는 죽음이란 다른 사람들에게 그리 심한 재앙이 아닐 것이라고 생각했다. 얼마나 살지도 모르는 불확실한 수명 대신 그들이 친한 친구들과 불멸을 이룰 수 있도록 했기 때문이다. 그리고 포스틴의 목숨 역시 그의 손에 달려 있었다.

하지만 나는 몹시 분노가 치밀었고, 그것은 나를 조심스럽게 만들었다. 어쩌면 내가 모렐의 탓으로 돌리는 지옥은 실제로 내 것인지도 모른다. 나는 포스틴을 사랑하는 사람이며 살인과 자살을 범할 수 있는 사람이기도 하다. 나는 괴물이다. 모렐은 그의 연설문에서 포스틴을 언급하지 않았을지도 모른다. 그는 이레네나 도라 또는 나이 많은 여자를 사랑했을지도 모른다.

그러나 난 흥분하고 있다. 난 바보이다. 물론 모렐은 그 여자들에게 아무런 관심도 갖고 있지 않았다. 그는 도저히 손에 넣을 수 없는 포스틴을 사랑했다. 이것이 바로 그가 그녀를 죽이고 다른 친구들과 함께 자기 자신의 목숨을 끊었으며 불멸성을 만들어 낸 이유였던 것이다!

포스틴은 너무도 아름답기 때문에 그런 광기와 그런 찬사와 그런 범죄를 야기할 만한 충분한 가치가 있다. 나는 질투심 때문에 혹은 내 열정을 인정하지 않으면서 나 자신을 지키기 위해 그녀의 아름다움을 부정했었다.

이제 나는 모렐의 행동을 고귀하고 정당한 것으로 생각한다.

* * *

　내 삶은 그렇게 비참하지 않다. 만일 내가 포스틴을 찾으러 가겠다는 불안한 희망만 버린다면 천사의 운명처럼 그녀를 바라보면서 삶을 보낸다는 생각에 점차로 적응할 수 있을 것이다.

　이런 길이 내게 열려 있다. 그 길은 사는 길, 즉 죽을 수밖에 없는 인간들 중에서 가장 행복한 사람이 되는 길이다.

　하지만 인간사가 모두 그렇듯 내 행복 또한 불안정하다. 비록 포스틴을 바라보는 행위가 방해를 받을 수 있다는 것은 생각조차 참을 수 없지만 그런 일은 충분히 일어날 수 있다.

　우선 기계가 고장 난다면 (난 그것을 어떻게 고쳐야 하는지 모른다.) 그렇게 될 것이다.

　또한 어떤 의심이 나를 부추겨 내 천국을 망칠 수도 있다. (모렐과 포스틴의 대화와 행동은 나보다 마음이 약한 사람을 잘못 생각하게 만들어 실수하게 할 수도 있다는 것을 인정해야만 한다.)

　그리고 내가 죽으면 그런 일이 일어날 수 있다.

　이런 내 상황이 지닌 진정한 이점은 이제 죽음이 포스틴을 영원히 바라볼 수 있는 조건이며 보증서라는 점이다.

* * *

　나는 포스틴이 없는 세상에서 내 죽음을 준비하는 데 필요한 지루한 순간으로부터 벗어나 있다. 포스틴이 없는 지루한 죽음으로부터 벗어나 있다.

준비가 되었다고 느끼자 나는 수신기들을 동시에 켰다. 일주일 동안의 삶이 담겨 있었다. 나는 제대로 연기했다. 무심결에 본 관객이라면 내가 침입자가 아니라 원래 그 장면 안에 속해 있었다고 상상할 수 있을 정도였다. 이것은 정성 들여 작업을 준비한 자연스러운 결과였다. 나는 보름 동안이나 계속해서 연구하고 실험했다. 그리고 지칠 줄도 모르고 각각의 내 행동을 연습했다. 또한 포스틴이 말하는 것, 그녀의 질문과 대답을 연구했고 종종 적당한 말을 요령껏 삽입했다. 그래서 마치 포스틴이 내게 대답하는 것처럼 보이게 했다. 내가 항상 그녀를 따라다니기만 하는 것은 아니다. 그녀의 움직임을 너무나 잘 알고 있기 때문에 보통은 내가 그녀보다 앞서 걷는다. 난 일반적으로 우리가 헤어질 수 없는 친구이며 서로를 너무나 잘 알고 있어서 말조차 필요가 없다는 인상을 주길 원한다.

나는 영원히 반복되는 그 일주일에서 모렐의 모습을 제거할 수 있다는 희망에 집착하고 있다. 그것이 불가능하다는 것은 알고 있다. 하지만 이 글을 쓰는 순간에도 마찬가지로 강렬한 욕망과 고통을 느낀다. 재현된 모습들이 서로 종속된다는 사실(특히 모렐과 포스틴의 모습)이 나를 화나게 만들곤 했다. 그러나 이제는 그렇지 않다. 그것은 내가 그 세상에 들어갔고 이제 내 모습이 사라지지 않고는 포스틴의 모습도 제거할 수 없기 때문이다. 그리고 이것은 가장 이상하면서도 가장 설명하기 어려운 것인데, 나 역시 헤인스, 도라, 알렉, 스토에버, 이레네 등등(심지어 모렐도!)에게 종속된다는 사실이 내게 행복감을 준다.

나는 레코드를 바꾸었다. 기계는 영원히 새로운 일주일을 상영할 것이다.

연기를 하는 중이라는 억압적 자의식 때문에 촬영을 시작한 후 며칠 동안은 행동이 몹시 부자연스러웠다. 그러나 이제는 그것을 극복했다. 만일 영상이 내가 촬영할 때 생각했던 것을 담고 있다면 나는 포스틴을 즐겁게 응시하면서 영원히 살 수 있을 것이다.

나는 특히 내 영혼이 그 어떤 걱정에서도 벗어날 수 있도록 조심했다. 포스틴의 행동에 의문을 나타내지 않으려 노력했고 그 어떤 증오감도 느끼지 않으려 했다. 난 평화로운 영원이라는 보답을 받게 될 것이다. 그리고 정말로 그 한 주를 살고 있다는 느낌을 갖게 될 것이다.

포스틴과 도라 그리고 알렉이 방으로 들어가는 날 밤, 나는 호기심을 성공적으로 억누를 수 있었다. 나는 그들이 무엇을 하고 있는지 알아보려 하지 않았다. 이제 나는 내가 이 부분을 미해결의 상태로 놔두었다는 점에서 약간 화가 나기도 한다. 그러나 영원 속에 있기 때문에 그것은 중요하지 않다.

나는 내 죽음이 진행되고 있다는 사실을 거의 느끼지 못한다. 그것은 왼손의 세포 조직에서부터 시작되었다. 무척이나 크게 진전됐지만, 아직도 너무나 천천히, 통증을 느끼지 못할 정도로 너무나 지속적으로 진행되고 있다.

나는 시력을 잃어 가고 있다. 촉감은 이미 사라졌다. 이제 피부가 벗겨지고 있고 감각은 불분명해졌으며 아프다. 그래서 나는 그것들을 생각지 않으려 애를 쓴다.

거울들이 달린 칸막이 앞에서 나는 수염도 없고 대머리이며 손톱과 발톱도 없고 피부는 약간 장밋빛을 띤 내 모습을 발견했다. 이제 체력도 약해지고 있다. 통증에 관해서는 매우 황당하기까지 하다. 통증은 점점 심해지고 있는 것 같은데 나는 전혀 느끼지 못한다.

모렐과 포스틴의 관계를 집요하게 물고 늘어지면서 당치도 않은 걱정을 해 대느라 나는 나 자신이 죽어 가는 것에 대해서는 거의 관심을 기울이지 못한다. 그것은 전혀 기대하지 않았던 유익한 결과이다.

불행히도 내 생각들이 다 그토록 쓸모 있지는 않다. 나는 상상 속에서 내 병이 순전히 자기 암시에 불과하다는 희망적인 생각으로 마음을 다잡는다. 그리고 기계는 아무런 해도 끼치지 않으며, 포스틴은 살아 있어서 이내 내가 그녀를 찾으러 갈 것이고, 우리는 임박한 죽음의 거짓 신호를 비웃을 것이며, 나는 그녀를 베네수엘라, 그러니까 또 다른 베네수엘라로 데려갈 것이라는 상상의 나래를 편다. 당신은 바로 내 것이기 때문에. 내 조국 그리고 정부 관리들, 빌린 군복을 입은 군인들, 나를 죽이려고 총을 조준하는 그들은 라과이라* 도로나 터널 또는 마라카이** 종이 공장에서 끝없이 나를 뒤쫓고 있어. 그러나 나는 당신을

---

* 베네수엘라의 수도인 카라카스 북쪽에 위치한 항구.
** 베네수엘라 아라과 주의 수도. 주요 종이 공장이 있는 곳이다.

사랑해, 나의 베네수엘라. 나는 죽음이 시작된 이후 수없이 당신에게 인사를 했어. 내가 《그림으로 보는 꼽추》*에서 일하던 시절, 오르두뇨의 시에 영감을 받은 사람들의 모임(당시 나는 눈이 크고 촉망받던 소년이었지.)에 참여하던 시절 그리고 이리저리 찌그러진 채 창문도 없던 전차와 로카 타르페야 카페와 판테온 식당에서 만나 문학에 관해 뜨겁게 토론하던 시절, 이 모두가 당신 거야. 당신은 나의 베네수엘라이고 방패처럼 커다랗고 벌레들이 얼씬도 못하는 카사바 빵이야. 당신은 황소와 암말과 호랑이가 급류에 휘말려 떠내려가는 홍수가 난 벌판이야. 그리고 당신, 엘리사, 나를 도와준 원주민 세탁부들 사이에 서 있는 당신 모습을 보고 있어. 당신을 기억할 때마다 당신은 갈수록 포스틴과 흡사해 보여. 당신은 그들에게 나를 콜롬비아로 데려가 달라고 말했고 우리는 살을 에는 듯한 추위를 참으며 고원 지대를 지나갔어. 원주민들은 내가 얼어 죽지 않도록 따뜻하고 푹신푹신한 나뭇잎으로 나를 덮어 주었지. 내가 포스틴을 바라보는 동안은 너를 잊지 않을 거야. 그런데 당신을 사랑하지 않는다고 믿었으니! 거만한 발렌틴 고메스가 의회의 둥그런 홀에서 매년 7월 5일 우리에게 독립선언문을 읽어 주는 동안 오르두뇨와 그의 제자들인 우리는 티토 살라스의 「콜롬비아 국경을 넘어가는 볼리바르 장군」이라

---

* 라틴 아메리카 전 대륙에 배포되었으며 상당한 가치를 인정받았던 베네수엘라의 문학잡지. 1892년 1월에 창간하여 1915년 4월 15일에 마지막 호를 발간했다.

는 그림을 우러러보면서 그의 연설문에 도전했어. 하지만 고백건대, 군악대가 "법과 명예와 덕행을 존중하면서 멍에를 던져 버린 용감한 국민에게 영광을."이라는 가사로 시작하는 국가를 연주하자 우리는 애국심을 억누를 수 없었어. 지금도 나는 그 감정이 벅차오르는 것을 느껴.

그러나 내 엄격한 규율은 그런 생각과 끊임없이 싸워야만 한다. 왜냐하면 그런 생각은 내 마지막 평온을 위태롭게 만들기 때문이다.

아직도 나는 포스틴과 함께 있는 내 영상을 본다. 그 장면이 나중에 덧붙여졌다는 사실을 나는 거의 잊었다. 아무것도 모르는 관객이라면 우리가 서로 사랑에 빠졌고 서로에게 관심을 쏟고 있다고 믿을 것이다. 아마도 내 시력이 약해져서 화면이 그렇게 보이는 건지도 모른다. 어쨌거나 그토록 만족스러운 결과를 지켜보면서 죽는다는 것 자체가 커다란 위안이 된다.

내 영혼은 아직 이 영상으로 옮겨 가지 않았다. 만일 그랬다면 나는 이미 죽었을 것이고 아마도 포스틴을 더 이상 볼 수 없을 것이며 그 누구도 파괴할 수 없는 환상 속에서 그녀와 함께 있을 것이다.

이 일기를 읽고 흩어진 모습들을 한군데 모을 수 있는 기계를 발명할 사람에게 나는 이런 부탁을 하고 싶다. 포스틴과 나를 찾아서 내가 포스틴이 생각하는 천국에 들어갈 수 있게 해 달라고 말이다. 그것은 내게 자선을 베푸는 행위가 될 것이다.

작품 해설

1 아돌포 비오이 카사레스는 누구인가

20세기 세계 문학의 지평을 바꾸었다는 호르헤 루이스 보르헤스가 1986년에 사망하자, 세계 비평계는 그동안 보르헤스의 그늘에 가려 주목받지 못했던 한 작가에게 지대한 관심을 보이기 시작한다. 그 주인공은 바로 아돌포 비오이 카사레스이다. 그는 보르헤스와 함께 여러 작품을 썼으며, 라틴 아메리카 문학계에서 과학 소설, 환상 소설, 탐정 소설의 혁신을 통해 아르헨티나의 사회 정치적 요인들을 비판하면서, 사랑과 정체성과 인간의 본질에 관한 주제들을 광범위하게 다룬 작가이다.

비오이 카사레스는 1914년 9월 15일 아르헨티나의 수도 부에노스아이레스의 상류 가정에서 외아들로 태어났다. 부유한 가정 형편 덕택에 그는 자신의 재능과 관심을 마음껏 개발할 수 있었다. 그가 처음으로 문학에 관심을 보인 것은 일곱 살 때였다. 언젠가 그는 언제, 어떤 상황에서 글을 쓰기 시작했느냐는 질문을 받자 "말할 필요도 없이 읽기 전부터지요. 그러니까 문학을 알기 전부터입니다. 내가 처음으로 쓴 작품은 마담 집(Madame Gyp)의 작품을 모방한 연애 소설이었는데, 내 여자 사촌들이 그걸 몹시 좋아했지요."라고 고백한다.

자유학교(Colegio Libre)에서 공부하는 동안 문학에 대한 그의 열정은 더욱 굳어진다. 심지어 열네 살 때에는 '허풍 혹은 끔찍한 모험'이라는, 탐정 소설과 환상 소설의 특징을 지닌 첫 번째 단편을, '실패한 작가'였던 아버지의 성화에 못 이겨 출판하기도 한다. 이듬해에는 여러 글들을 묶어 첫 번째 책인 『서문』을 출판하는데, 그는 "내 첫 번째 책은 그리 좋은 평가를 받지 못했습니다. 그 책을 출판하자마자 나는 후회했고, 그래서 아무도 그 책을 읽지 못하게 하려고 애를 썼지요."라고 말한다.

열다섯 살 때 비오이 카사레스는 미국을 방문한다. 거기서 럭비, 테니스, 축구 등의 스포츠에 관심을 갖게 되고 권투를 하기도 했다. 또한 평생 동안 이어졌던 영화에 대한 사랑도 이 시기에 시작한다. 학교를 다닐 때에는 수학 성적이 썩 좋지 않았는데, 그의 부모들이 따로 선생님을 찾아 준 후에 수학과 논리적 사고에 재미를 붙인다. 1932년 부에노스아이레스 대학교에 입학, 법학을 공부하지만, 그 어느 과정에도 만족하지 못한 채 1935년에 학교를 그만두고 만다.

한편 1933년에 비오이 카사레스는 두 번째 책 『미래를 향해 열일곱 발을 쏴라』를 마르틴 사카스트루라는 이름으로 출판한다. 비오이 카사레스는 이 책에 관해 "별로 잘 쓰지 못했지만, 너무나 좋은 평가를 받았다."라고 고백한다. 그리고 이듬해에는 단편집 『혼돈』을 출판하지만, 그 작품에 대한 비평계의 평가는 따가웠다.

두 번째 작품을 출판하기 바로 이전 해인 1932년은 비오이 카사레스에게 결정적인 해였다. 열여덟 살의 비오이 카사레스가 산이시드로에 있는 빅토리아 오캄포의 집에서 보르헤스를 만난 것이다. 이것은 비오이 카사레스의 생애와 작품에 있어서 두 개의 커다란 이정표가 된다. 우선 반세기 넘게 아르헨티나 문화계에서 가장 큰 영향력을 발휘했던 빅토리아 오캄포와 관계를 맺게 되었다. 작가이며 동시에 비평가였던 빅토리아 오캄포는 풍부한 재정을 이용하여 유명한 작가들과 지식인들을 부에노스아이레스로 초청하곤 했다. 그녀는 1931년 '남쪽'이라는 잡지를 창간하여 1970년까지 이끌면서, 이 잡지를 스페인과 라틴 아메리카에서 선두적인 문학 잡지로 만든다. 이 잡지와 동명의 출판사를 통해 아르헨티나의 작가들은 당대의 주요 작가를 알게 되고, 그들의 작품을 스페인어로 읽을 수 있었다. 1940년 비오이 카사레스는 빅토리아 오캄포의 동생이자 뛰어난 시인이며 단편 소설 작가인 실비나 오캄포와 결혼한다. 실비나 오캄포와 비오이 카사레스는 탐정 소설 『사랑하는 사람들은 미워한다』(1946)를 함께 쓰기도 한다.

또 다른 중요한 사건은 보르헤스와의 만남이다. 그때부

터 1986년 보르헤스가 세상을 떠날 때까지 두 사람은 서로 돈독한 우정을 나누면서 문학적으로도 관계를 지속한다. 보르헤스는 비오이 카사레스보다 열다섯 살이 많았지만, 나이 차는 두 사람이 함께 글을 쓰는 데 장애가 되지 않았다. 각자는 상대방의 작품을 존경한다고 밝히며, 자신들의 우정을 감사하게 여겼다.

라틴 아메리카의 현대 소설을 세계로 보급한 대표적 비평가 중 하나인 에미르 로드리게스 모네갈은 두 사람이 공동으로 쓴 작품의 지은이를 '비오르헤스(Biorges)'라고 부른다. 그들의 첫 번째 공동 작품은 1937년경에 비오이 카사레스의 농장에서 생산하던 요구르트에 관한 상업 광고문이었다. 그리고 얼마 후 두 사람은 '철 아닌 때'라는 잡지를 창간해 3호까지 발행한다. 또한 동명의 출판사를 차려 비오이 카사레스의 『죽은 사람 루이스 그레베』(1937)를 출판하기도 한다. 이런 문학적 공생은 이후에 보다 높은 차원으로 발전한다. 두 사람이 공동 프로젝트로 작품을 엮거나 집필해 출판을 했는데, 그 작품을 보면 『최고의 탐정 단편 소설』(1943)을 비롯해 이미 널리 알려진 『부스토스 도메크의 연대기』(1967)와 『부스토스 도메크의 새로운 이야기』(1977)에 이르기까지 여러 개가 있다.

『이시드로 파로디 씨의 여섯 가지 문제』(1942)를 시작으로 두 사람은 '오노리오 부스토스 도메크'라는 필명을 사용한다. 그 이름으로 『기억될 만한 두 유령』(1946)을 출간하고, 새로운 필명 '베니토 수아레스 린치'를 써서 『죽음의 모델』(1946)을 발표한다. 사실 비오이 카사레스와 보르헤스의 공동 작업은 일반적인 것이 아니었다. 그러나 열다섯 살의 나이 차이에도 두 사람은 상대방의 재능과 성품을 높이 평가하고, 이내 서로를 존경했다. 가령 비오이 카사레스가 『집에서 만든 석상』(1936)과 『죽은 사람 루이스 그레베』를 발표하자 보르헤스는 그 작품들에 대한 서평을 썼다. 또한 비오이 카사레스의 『모렐의 발명』을 읽고 나서 보르헤스는 그 유명한 서문을 써 주었다. 두 사람은 서로에게 빚을 지고 있다고 고백한다. 보르헤스는 비오이에 관해서 "두 사람 중에서 더 합리적이고 올바른 사람"이라고 평한다. 한편 비오이 카사레스는 보르헤스에 관해 "근대성과 독창성에 대한 막연한 존경에서 나를 해방시켜 주었다. 나를 초현실주의의 미몽에서 눈뜨게 해 주었고…… 내 문학 세계를 이루어 나가는 데 있어서 보르헤스와 대화를 하고 함께 일할 수 있었다는 것을 더 없는 행운이라고 생각한다."라고 밝힌다.

1940년에 발표한 『모렐의 발명』으로 비오이 카사레스는 1941년 제1회 부에노스아이레스 문학상을 받는다. 그리고 이후 『도주 계획』(1945), 『영웅들의 꿈』(1954), 『돼지 전쟁 일기』(1969), 『햇빛 아래서 잠자기』(1973), 『라플라타 어느 사진사의 모험』(1985)과 같은 소설들을 발표한다. 그 밖에도 많은 단편을 써서, 『절묘한 음모』(1948), 『멋진 이야기』(1956), 『사랑이 담긴 화관』(1959), 『어둠의 옆』(1962), 『위대한 천사』(1967), 『러브 스토리』(1972), 『환상적인 이야기들』(1972), 『여자들의 영웅』(1978), 『터무니없는 이야기들』(1986), 『러시아 인형』(1991)과 같은 단편집을 출간한다. 또한 에세이 모음집인 『또 다른 모험』(1968), 단막 희극 『일곱 몽상가들』(1968), 아르헨티나의 시골과 그곳 주민들에 관한 연구인 『팜파와 가우초에 관한 기억』(1970), 당시의 아르헨티나에서 사용되던 스페인어에 관한 책 『허세 부리는 아르헨티나에 관한 간략한 사전』(1978)을 발표한다.

비오이 카사레스의 작품은 여러 언어로 번역되었으며, 스페인어권에서 가장 권위 있는 상의 하나인 세르반테스상(1990)을 비롯하여 많은 문학상의 영예를 그에게 안겨 주었다. 그는 보르헤스와 어깨를 나란히 하는 작가이지만, 그동안 보르헤스의 그늘에 가려 제대로 인정을 받지 못한 측면이 많다. 그 이유로는 우선 워낙 부유한 가정 출신이기에 그 자신이 자기 작품에 걸맞은 물질적 보상에 전혀 관심이 없었고, 따라서 자신의 작품을 널리 알리려고 하지 않았다는 점을 들 수 있다. 또 다른 이유는 보르헤스와 개인적, 문학적으로 너무나 가깝게 지냈다는 점이다. 보르헤스가 비평계와 출판계의 관심을 독차지하는 동안 그는 항상 보르헤스의 이름 뒤에 묻힌 채 그의 절친한 친구로만 알려졌다. 그러나 보르헤스가 세상을 떠난 1986년부터 비오이 카사레스가 죽은 1999년까지 세계의 독자들과 비평가들은 그의 작품에 갈수록 많은 관심을 보였고, 이런 현상은 그가 죽은 후 지금까지도 지속되고 있다. 이것은 비오이 카사레스의 탁월한 문학 작품이 이제야 비로소 걸맞은 지위를 찾아가고 있다는 것을 의미한다.

2 비오이 카사레스의 문학 세계

아돌포 비오이 카사레스는 현대 라틴 아메리카 '환상 문학'의 선구자이다. 그에게 문학 속의 환상은 단지 일상으로부터의 도피가 아니라, 우리의 일상 세계에 숨겨져 있는 또다른 현실을 밝혀내려는 노력이다. 언젠가 비오이 카사레스는 이렇게 썼다. "세상은 고갈되지 않는 보고이다. 그것은 러시아 인형처럼 무한한 숫자의 세계로 구성되어 있다."

그는 이런 무한한 세계의 법칙을 밝히는 것을 자기의 임무로 여겼다. 그는 아내 실비나 오캄포와 함께 만든 『환상 문학 선집』의 서문에서 이렇게 밝혔다.

이런 법칙들은 존재한다. 글을 쓴다는 것은 계속해서 그것들을 밝히는 것이며…… 그러므로 작가는 미리 규정된 일반적인 법칙에 따라 해결될 수 있는 문제로서 자신의 작품을 바라보아야 한다. 그리고 부분적으로 자기 자신을 발견할 수 있는 새로운 것으로서…….

이런 태도는 비오이 카사레스를 탐정 소설이라는 장르에 내재된 글쓰기 과정을 살펴보도록 이끈다. 『이시드로 파로디 씨의 여섯 가지 문제』와 같은 작품들에서, 그는 부스토스 도메크라는 필명으로 보르헤스와 공동으로 작업한다. 보르헤스의 작품에 대한 글에서, 비오이 카사레스는 자기가 이런 문학에 관해 생각했던 것은 바로 이 장르가 작가에게 훌륭하고 엄격한 구조가 무엇인지를 가르쳐 주기 때문이라고 설명한다.

탐정 소설이라는 장르는 한 번도 대작을 생산하지 않았습니다. 그러나 그것은 글쓰기의 이상을 만들었지요. 이야기를 엄격하고 우아하게 만들어 내고 싶어 하는 작가들의 이상을 가능하게 해 주었던 것입니다. 아마도 이 장르가 문학사에 공헌한 것은 구성의 중요성을 강조한 점일 것입니다.

비오이 카사레스의 작품은 굳건한 구성과 분명한 필체를 지닌다. 그러나 장편 소설이건 단편 소설이건 그의 작품은 모두 환상적 요소들을 통해 커다란 효과를 자아낸다. 즉 로버트 루이스 스티븐슨이나 허버트 조지 웰스의 작품들과 같은 방식으로 환상적 요소들을 믿을 수 있게 만들고, 설득력 있게 부각한다.

비오이 카사레스가 가장 관심을 보이던 이런 환상적 요소들 가운데는 시간적으로 서로 다른 것들이 상호 침투하는 것과 영원한 현재에 대한 생각이 있다. 이런 생각은 그의 초기 소설 중 하나인 『모렐의 발명』의 주제를 이루었고, 그의 단편소설에서도 자주 나타난다. 비평가 오펠리아 코바치는 이런 것이 두 개의 목표를 동시에 겨냥한다고 지적한다.

이런 이미지들은 우리 앞에 놓인 미래와 함께 영원한 재생과 무한한 인생이라는 신화로 거슬러 가게 만든다. 그러나 자신이 유한한 존재임을 알고 있는 사람의 일상적인 관점에서 본다면, 시간이란 한 번 지나면 돌이킬 수 없다는 생각

덕택에, 비오이 카사레스가 보여 주는, 불멸을 이룰 수 있는 존재라는 생각은 비밀스러운 공포심을 불러일으킨다.

이런 생각은 보다 깊은 곳에 자리 잡고 있는 존재에 대한 관심, 즉 개인의 정체성과 연결된다. 비오이 카사레스는 수차에 걸쳐 개인이란 대역 혹은 잃어버린 원본의 복제품이라는 사상으로 돌아가면서, 독자에게 이런 상상적 존재들로 가득한 세상을 제시한다. 그리고 이런 상상적 존재들과 접촉하거나 의미 있는 교환을 할 수 있는 가능성이 없지 않다는 것을 밝힌다. 비오이 카사레스는 이런 생각에 유머와 아이러니를 덧붙이면서, 아르헨티나의 삶과 사회의 일상적인 것에 놀라울 정도의 관심을 보인다.

비오이 카사레스의 최고의 소설로 평가받는 작품들은 바로 이런 아이러니를 잘 보여 주는데, 이것은 환상적 요소들 못지않게 중요한 것이다. 가령 『돼지 전쟁 일기』는 1950년대 초 아르헨티나의 모든 지식인들에게 복종을 강요했던 페론 체제에 대한 신랄한 풍자이다. 1985년에 출간된 소설 『라플라타 어느 사진사의 모험』은 사진이 가진 현실적 속성에 대한 작가의 관심을 보여 줌과 동시에 1970년대 후반 군사 정권 기간의 아르헨티나를 지배했던 비현실적 분위기를 묘사한다.

여러 방법으로 비오이 카사레스는 일상적 현실이, 실존적 불확실성을 전달하기 위해 고안할 수 있는 그 어떤 환상적 장치보다 특별하다고 여긴다. 그래서 그는, 환상 문학의 대표자이지만 현실을 기꺼이 받아들이면서, 치밀한 구조를 갖도록 소설을 다듬는다. 바로 이것이 그가 그의 친구 보르헤스만큼 위대하고 말할 수 있는 이유이다.

3 비오이 카사레스의 주요 작품과 비평계의 반응

비오이 카사레스는 꿈과 환상 그리고 현실의 관계에 많은 관심을 보였고, 그것은 그의 가장 유명한 작품 『모렐의 발명』에서 잘 나타난다. 웰스의 『모로 박사의 섬』(1896)에서 많은 영향을 받은 이 소설은 무인도를 배경으로 삼고 있으며, 실제의 인물이 아니라 영상으로 판명되는 포스틴이라는 여인을 사랑하게 된 한 남자를 다룬다. 이 작품에서는 간결한 대화, 짧은 문장, 주인공이 알지 못하는 사건에 관해 평을 하는 전지자적 화자와 같은, 비오이 카사레스의 트레이드마크가 사용된다. 이 작품은 사랑의 본질과 현대 사회에서의 예술가의 역할에 대한 풍자적 연구로 간주되기도 한다.

『모렐의 발명』과 마찬가지로 섬을 배경으로 하는 『도주계획』에서도 주인공 엔리케 네버스는 프랑스령 기아나 근처에 있는 '악마의 섬' 감옥에 주재한 프랑스 총독의 행동을 관찰한다. 매우 은유적이고 형이상학적인 이 작품은 수시로 바뀌는 네버스의 지각 작용과 그가 알고 있는 것과 실제로 일어나는 일과의 불일치에 초점을 맞춘다. 총독은 섬의 죄수들에게 공감각(共感覺)(하나의 감각이 다른 영역의 감각을 작용하게 하는 일)을 만들어 내는 외과적 실험을 가함으로써 그들을 특별한 감옥에 수감한다. 하지만 네버스는 벽의 위치를 비롯하여 색깔과 거울의 오묘한 배합으로 인해 죄수들이 자유의 몸이라는 인상을 받는다.

환상과 현실에 초점을 맞추는 비오이 카사레스는 신뢰할 수 없는 화자—아마도 정신병자—와 서간문 구조를 사용하기도 한다. 작중 인물들을 변화시키는 수술과 서간문 구조는 『햇빛 아래서 잠자기』에서도 사용된다. 그리고 다른 작품들, 가령 『돼지 전쟁 일기』와 단편집인 『이시드로 파로디 씨의 여섯 가지 문제』에서, 비오이 카사레스는 주요 사건에 부수적으로 아르헨티나의 정치와 사회에 관한 것을 포함시킨다. 20세기의 노인들을 다루는 『돼지 전쟁 일기』는 가까운 미래의 아르헨티나를 배경으로 삼으면서, 청년들이 나이 든 시민들을 학살하는 이야기를 그린다. 즉 아이들과 부모들의 세대 간 전쟁인 것이다. 이 작품은 비오이 카사레스의 어둡고 그로테스크한 유머의 극단적인 예를 보여 준다. 한마디로 부패해 가는 신체에 대한 알레고리라고 말할 수 있다.

보르헤스와 함께 쓴 『부스토스 도메크의 연대기』 역시 "순수한 부조리적 환희"로 평가된다. 이 작품집은 다양한 허구적 작가와 예술가에 관한 짧은 일화와 에세이를 다루고 있으며, 파블로 피카소, 르코르뷔지에, 제임스 조이스와 같은 위대한 모더니즘 예술가들에게 바쳐지고 있다. 사랑과 마술, 그리고 강박 관념과 속임수는 비오이 카사레스의 또 다른 두 소설의 중심을 이루고 있다. 오이디푸스 신화를 언급하고 있는 『영웅들의 꿈』과 비오이 카사레스가 즐겨 사용한 꿈과 이 세상에서 일어날 수 있는 미스터리한 범죄, 유머, 기계에 관한 것들이 마구 뒤섞여 있는 『라플라타 어느 사진사의 모험』이 그것들이다.

앞서 지적했듯이 비평계는 일반적으로 보르헤스와 비오이 카사레스가 공동으로 쓴 작품에서 보르헤스의 이름을 강조하는 경향이 있다. 그리고 실제로 비오이 카사레스의 이런 작품들에 대한 많은 비평들은 보르헤스의 명성과 관련을 맺고 있다. 웰스, 스티븐슨, 로버트 루이스 체스터턴, 에드거 앨런 포의 작품에서 발견되는 주제를 사용하는 그의 성향도 당대에 그의 작품의 가치가 인정받지 못하게 만든 요인이다. 그러나 최근 들어 많은 연구자들은 비오이 카사레스의 독창적인 이야기, 냉소적인 유머, 간결한 언어를 이구동성으로 찬양하고 있다. 가령 『모렐의 발명』은 일반적으로 걸작이자, 환상 소설의 대표적 모델로 여겨진다. 그리고 비오이 카사레스의 작품은 텍스트성, 공간성, 정체성, 인식 지각의 가변성에 관한 주제로 초현실주의이자 포스트모던 소설로 칭송받고 있다. 문학비평가 T. J. 루이스는 이렇게 썼다. "비오이 카사레스는 그의 동료 보르헤스처럼 세계적으로 중요한 작가로서의 명성은 얻지 못했지만, 그는 라틴 아메리카가 자랑하는 최고의 작가 중 하나이다."

4 『모렐의 발명』은 어떤 작품인가

1940년 비오이 카사레스의 문학 세계는 『모렐의 발명』으로 새로운 시기를 연다. 이 작품은 이후 그의 작품의 특징으로 자리 잡는 환상성과 사랑의 감정과 같은 주제를 비롯하여, 빈틈 하나 없는 구조와 아이러니컬한 유머를 소설 형식으로 사용한다. 일반적으로 이 작품 이전에 출판한 작품들은 적절한 문학 형식을 찾기 위한 시도로 평가된다. 그러나 그렇다고 그 작품들이 모두 쓰레기는 아니었다. 특히 단편집 『죽은 사람 루이스 그레베』에 수록된 「우편엽서 속의 연인들」은 사랑하는 연인과 영원히 함께 있기 위해 연인의 사진에 자기의 모습을 삽입하기로 결심하는 사람의 이야기로, 『모렐의 발명』과 유사한 모티브를 쓰고 있다. 한편 『모렐의 발명』역시 5년 후에 발표될 소설 『도주 계획』을 미리 보여 주고 있다. 이 두 소설은 많은 요소들을 공통적으로 지니고 있지만, 특히 기적을 얻기 위해 인간의 삶과 과학적 수단을 주조하는 '핵심 인물'의 존재가 두드러진다.

『모렐의 발명』에는 보르헤스의 서문이 함께 실려 있다. 이 서문은 소설 자체만큼이나 라틴 아메리카 문학 비평에서 매우 중요한 글로 평가된다. 보르헤스는 여기서 심리 소설과 사실주의 소설을 거부하고, 모험 이야기, 즉 "합리적인 상상력의 소설"을 선호한다. 그는 그 어떤 피상적인 요소도 참지 않는 순수 소설, 즉 "교묘한 언어적 고안품"으로서의 소설을 제안한다. 그리고 비오이 카사레스의 소설이 이런 요소들을 보여 주는 대표적인 작품이라고 평가한다.

『모렐의 발명』은 사법 당국의 손을 피해 도망친 사람의 이야기이다. 그는 '빌링스'라는, 사람이 거의 살지 않는 섬에 도착한다. 그러나 이내 많은 사람들과 마주치는데, 그 가운데는 포스틴이라는 여인과 항상 그녀의 곁에 있는 수염 텁수룩한 테니스 선수 모렐이 있다. 주인공은 그가 머물고 있던 저지대로 몰려드는 밀물에서 살아남으려고,

먹을 것을 찾으려고, 그리고 다른 주민들에게 발각되지 않으려고 애를 쓴다. 그러나 이내 그는 포스틴을 사랑하게 되고, 그녀 가까이에 있고 싶어 한다. 그동안 섬에서는 이상한 일들이 발생한다. 그 누구도 그를 보지 못하거나 그의 존재를 깨닫지 못하는 것이다. 그리고 사람들은 계속해서 동일한 말이나 행동을 반복하고 갑자기 사라졌다가 갑자기 나타난다. 보르헤스가 지적하듯이 "전혀 초자연적이지 않은 환상적인 가정"이란 설명은 그들의 존재가 모렐의 '발명'에 의해 만들어진 단순한 영상 이미지에 불과한 데서 비롯한다. 모렐의 조수가 기계에 녹화 테이프를 넣으면 사람들과 사물들의 완전한 모습이 상영된다. 그의 발명품은 시각적, 청각적 현실뿐만 아니라, 후각과 촉각과 미각으로도 느낄 수 있는 완벽한 현실을 구성할 수 있다. 포스틴을 너무나 사랑한 나머지 주인공은 자기 자신을 그 영상들 속에 삽입하기로 마음먹는다. 닥쳐오는 죽음에 직면하여, 그는 영원히 자기가 사랑하는 여인 곁에 있기를 바란다.

소설의 주제는 매우 매력적이다. 기계에 의한 존재와 사물 들의 창조, 전통적 시간 개념의 거부와 불멸의 탐구, 사랑의 행복과 불행처럼 그의 작품 세계뿐만 아니라 보르헤스까지 관통하는 주제를 엿볼 수 있기 때문이다. 그러나 이 작품의 가장 중요한 가치는 구성에 있다.

이 작품은 주인공-화자가 우리가 읽고 있는 것이 섬에서 일어난 이상한 사건들을 기록한 일기라고 설명하는 데서 시작한다. 그래서 종종 주인공의 서술과 함께, 주인공이 말하는 것과 다른 사실을 지적하거나 비판하는 '편집자'

주(註)가 나타난다. 또한 자기의 발명품에 대해 설명하는 모렐의 글도 있는데, 그것은 주인공-화자에 의해 대략 그대로 옮겨진다. 그래서 독자는 세 종류의 서술자를 통해 정보를 얻지만, 그 어느 것도 완전히 믿을 수는 없다. 우선 주인공 자신이 우리가 그의 말을 믿지 못할 충분한 이유를 제공한다. 그가 인정하고 있듯이, 우리는 그가 부당하지만 사형을 선고받고 도망친 사람이라는 것을 안다. 그는 자기가 사기성이 농후할지도 모른다고 인정하고 있고, 게다가 자신의 병과 환각 그리고 광기에 관해 말한다. 또한 그는 자기 자신을 작가라고 밝힌다. 하지만 이것은 단지 사랑하는 포스틴에게 잘 보이기 위한 것이다. 이것은 주인공의 텍스트가 일기가 아니라, 그가 쓴 허구적 소설일 가능성도 다분하다는 것을 보여 준다.

편집자의 목소리는, 비록 산발적이지만, 이 소설의 구조에서 매우 중요한 역할을 한다. 그는 주인공의 기록을 대개 적개심을 가지고 반박한다. 종종 그는 편집자의 역할을 뛰어넘어, 자기의 지식을 과시하거나 사건들에 대해 자신의 해석을 덧붙이려고 하기도 한다. 마지막으로 모렐이 있다. 그의 글은 주인공에 의해 역겹고 무질서하다는 평가를 받는다. 도망자는 모렐을 살인자 혹은 미친 사람으로 보지만, 이런 부정적 평가는 질투에서 나온 것일지도 모른다. 포스틴을 소유하고 싶어 하는 주인공에게 모렐은 경쟁자이기 때문이다. 그러므로 각 서술자의 목소리는 다른 사람들의 글을 불신하려고 노력한다. 이 점에서 이 작품은 탐정소설과 흡사하다. 왜냐하면 그것은 약간의 정보를 미스터리 해석의 열쇠로 제공하기 때문이다.

이 소설의 제목은 다양한 의미를 포함하고 있다. 일단 영상을 만들어 내는 기계의 발명을 언급하는 것일 수 있다. 한편 그것은 도망자-작가가 자신의 글에서 모렐이라는 인물을 발명하는 것일 수도 있다. 혹은 모렐의 기계에 의한 환영적 현실의 창조일 수도 있다. 그리고 섬에서 살고 있는 사람들의 영원히 반복될 일주일의 삶일 수도 있다. 그러나 무엇보다 이 소설은 비오이 카사레스의 발명품이다. 이런 점에서 이 소설은 허구 속의 허구라고 말할 수 있다. 즉 화자와 작중 인물의 계산된 상호 작용이며, 시간의 반복을 떠올리게 만드는 언어의 반복인 것이다.

소설의 주인공은 현실 속의 인물이다. 반면에 포스틴은 비현실의 인물이다. 그들은 모렐이 발명한 기계 덕택에 만날 수 있다. 이렇게 현실과 환상과 과학은 이 소설 속에서 서로 연결되면서 힘든 균형을 이루는 데 성공한다. 여기서 그는 사랑과 의사소통 혹은 고독의 문제를 버리지 않는다. 한편 이 작품이 출현한 시기는 라틴 아메리카 문학에서 매우 의미가 깊은 시기다. 1940년은 라틴 아메리카 문학계가 전통 소설, 즉 사실주의 소설에 반기를 들고 새로운 소설을 추구하던 분기점이었기 때문이다. 이런 점에서 이 작품은 한 시기를 닫는 작품이 아니라, 이후에 전개될 새로운 시기를 여는 작품이라고 평가할 수 있다.

2007년 겨울
송병선

작가 연보

1914년　9월 15일 아르헨티나의 부에노스아이레스에서 아돌
포 비오이 카사레스와 마르타 카사레스의 외아들로
출생.

1925년　여자 사촌인 넬리다를 사랑하게 되면서 마담 집의
작품을 모방하여 연애 소설 『이리스와 마르가리
타』를 쓰기 시작함.

1928년　환상적 단편 소설이자 탐정 소설 성격을 띤 「허풍
혹은 끔찍한 모험」을 씀. 아서 코난 도일의 작품을
읽음.

1929년　아버지 비오이 카사레스의 도움을 받아 첫 번째
책 『서문』을 씀. 미국으로 여행함. 『성경』과 스페
인 황금 시대 극작가들의 작품을 읽음.

1930년　『미래를 향해 열일곱 발을 쏴라』에 수록될 단편들

을 씀.

1931년 세르반테스의 『돈키호테』를 읽음.

1932년 5월 빅토리아 오캄포의 집에서 호르헤 루이스 보르헤스를 알게 됨. 이후 보르헤스가 죽을 때까지 둘도 없는 친구로 지냄. 부에노스아이레스 대학교의 법과 대학에 입학함.

1933년 토르 출판사에서 마르틴 사카스트루라는 필명으로 『미래를 향해 열일곱 발을 쏴라』를 출판함. 법과 대학을 그만둠.

1934년 후에 아내가 될 실비나 오캄포를 알게 됨. 단편집 『혼돈』을 출판함.

1935년 실비나 오캄포가 삽화를 그린 『새로운 불행 혹은 후안 루테노의 다양한 삶』을 출판함. 단편집 『혼돈』으로 《아메리카 잡지》 단편상 수상.

1936년 실비나 오캄포가 삽화를 그린 『집에서 만든 석상』을 출판함. 보르헤스와 함께 잡지 《철 아닌 때》를 발간함.

1937년 『죽은 사람 루이스 그레베』를 출판함. 《철 아닌 때》 3호이자 마지막 호가 간행됨. 『모렐의 발명』을 집필하기 시작함.

1940년 실비나 오캄포와 결혼함. 『모렐의 발명』을 출판함. 또한 실비나 오캄포와 보르헤스와 공동으로 『환상 문학 선집』을 출판함.

1941년 『모렐의 발명』으로 제1회 부에노스아이레스 문학상 수상.(이 작품은 아르헨티나 작가들에게 극찬을 받고, 그의 이름이 아르헨티나 국경을 넘어 인정받는 계기가 된다. 1952년 이 작품이 프랑스어로 번역된 후, 알랭 로브그리예는 두 개의 상이한 시간 속에 공간적으로 공존하는 두 연인의 이야기에서 모티브를 따 알랭 레네 감독의 영화 「지난해 마리앙바드에서」(1961)의 시나리오를 쓴다. 이후 『모렐의 발명』은 프랑스와 이탈리아에서 영화로 제작되었고, 1985년에는 아르헨티나 감독인 엑토르 수비엘라에 의해 「남쪽을 바라보는 남자」로 각색되기도 한다.) 실비나 오캄포와 보르헤스와 공동으로 『아르헨티나 시 선집』을 출판함.

1942년 보르헤스와 함께 공동으로 창작한 『이시드로 파로디 씨의 여섯 가지 문제』를 '오노리오 부스토스 도메크'라는 필명으로 출판함.

1943년 보르헤스와 함께 『최고의 탐정 단편 소설』 1부를 출판함.

1944년 『눈의 위증』을 발표함. 문학지 《남쪽》에 단편 「절묘한 음모」를 게재함.

1945년 『도주 계획』을 출판함. '이달의 독서 클럽'에서 『도주 계획』이 10월의 최고 작품으로 선정됨.

1946년 실비나 오캄포와 함께 『사랑하는 사람들은 미워한다』를 출판함. 보르헤스와 함께 쓴 『죽음의 모델』을 '베니토 수아레스 린치'라는 필명으로 출판함. 또한 오노리오 부스토스 도메크라는 필명으로 『기억될 만한 두 유령』을 출판함.

1947년 1955년에 출판될 「괴물의 축제」를 보르헤스와 함께 쓰기 시작함.

1948년 단편집 『절묘한 음모』를 출판함.

1949년 옥타비오 파스와 엘레나 가로와 만남.

1951년 『최고의 탐정 단편 소설』 2부를 출판함.

1952년 어머니 마르타 카사레스가 세상을 떠남. 프랑스에서 『모렐의 발명』이 출판됨.

1954년 『영웅들의 꿈』이 출판됨. 딸 마르타가 태어남.

1955년 보르헤스와 함께 편집한 『짧고도 특별한 이야기들』이 출판됨. 단편 「괴물의 축제」를 신문 《마르차》에 발표함.

1956년 『멋진 이야기』가 출판됨.

1958년 이탈리아 작가 알베르토 모라비아와 만남.

1959년 단편집 『사랑이 담긴 화관』을 출판함.

1962년 단편집 『어둠의 옆』을 출판함. 아버지가 세상을 떠남.

1964년 프랑스에서 『영웅들이 꿈』이 출간되고, 미국에서 『모렐의 발명』이 출간됨.

1965년 독일에서 『모렐의 발명』이 출간됨.

1966년 이탈리아에서 『모렐의 발명』이 출간됨.

1967년 단편집 『위대한 천사』가 출판됨. 보르헤스와 비오이 카사레스가 최고의 공동 저작으로 평가한 『부스토스 도메크의 연대기』가 출판됨.

1968년 에세이 모음집 『또 다른 모험』을 출판함. 『돼지 전쟁 일기』를 쓰기 시작함. 보르헤스와 우고 산티아

고와 함께 영화 「침략」의 시나리오를 씀.

1969년 『돼지 전쟁 일기』가 출판됨. 영화 「침략」이 개봉됨.

1970년 단편 「위대한 천사」로 국가문학상을 수상함.

1971년 '하비에르 미란다'라는 필명으로 『고귀한 아르헨티나 사람에 관한 간략한 사전』을 출판함. 희곡 『유리 동굴』을 씀.

1972년 단편집 『환상적인 이야기들』과 『러브 스토리』가 출판됨. 네덜란드와 브라질, 그리고 프랑스에서 비오이의 작품들이 번역되어 출간됨.

1973년 소설 『햇빛 아래서 잠자기』가 출판됨. 이탈리아에서 『모렐의 발명』을 영화로 제작.

1974년 이탈리아에서 『도주 계획』, 프랑스에서 『햇빛 아래서 잠자기』, 네덜란드에서 『돼지 전쟁 일기』, 브라질에서 『모렐의 발명』, 폴란드에서 『도주 계획』이 출간됨.

1975년 아르헨티나 작가 대상을 수상함. 네덜란드에서 『햇빛 아래서 잠자기』, 미국에서 『도주 계획』, 루마니아에서 『모렐의 발명』과 『도주 계획』이 출간됨.

1977년 보르헤스와 함께 쓴 『부스토스 도메크의 새로운 이야기』를 출판함.

1978년 단편집 『여자들의 영웅』이 출판됨.

1979년 이탈리아에서 『햇빛 아래서 잠자기』가 출간됨.

1981년 프랑스의 레지옹 도뇌르 훈장을 받음.

1982년 『라플라타 어느 사진사의 모험』의 집필을 시작함.

1984년 에스테반 에체베리아 문인상 수상. 탐정 소설 장르의 발전에 대한 공헌으로 연방경찰상을 받음.

1985년 『라플라타 어느 사진사의 모험』이 출판됨.

1986년 단편집 『터무니없는 이야기들』이 출판됨. 부에노스아이레스 유명시민으로 임명됨. 보르헤스가 세상을 떠남.

1988년 이탈리아의 페스카라에 있는 단눈치오 데 키에티 대학교에서 명예박사 학위를 받음.

1990년 스페인의 세르반테스 상을 수상함.

1991년 단편집 『러시아 인형』을 출판함. 멕시코의 알폰소 레예스 상을 수상함.

1992년 우루과이의 몬테비데오 로터리 클럽 상을 수상함.

1993년 프랑스의 그르노블 대학교에서 명예박사 학위를 받음. 아내 실비나 오캄포가 세상을 떠남.

1994년 『회고록』이 출판됨. 딸 마르타가 죽음.

1995년 중국에서 『모렐의 발명』, 『영웅들의 꿈』, 『돼지 전쟁 일기』가 출간됨.

1998년 소설 『한 세상에서 다른 세상으로』가 출판됨.

1999년 3월 8일 세상을 떠남.

세계문학전집 **165**

모렐의 발명

1판 1쇄 펴냄 2008년 1월 2일
1판 22쇄 펴냄 2023년 6월 12일

지은이 아돌포 비오이 카사레스
옮긴이 송병선
발행인 박근섭, 박상준
펴낸곳 (주)민음사

출판등록 1966. 5. 19. (제 16-490호)
서울특별시 강남구 도산대로1길 62(신사동) 강남출판문화센터 5층 (우편번호 06027)
대표전화 02-515-2000 팩시밀리 02-515-2007
www.minumsa.com

한국어 판 © (주)민음사, 2008. Printed in Seoul, Korea

ISBN 978-89-374-6165-1 04800
ISBN 978-89-374-6000-5 (세트)

민음사 세계문학전집

세계문학전집 목록

세계문학전집은 계속 간행됩니다.